真贋

二係捜査(6)

本城雅人

角川文庫
24410

目次

登場人物

信楽京介《しがらききようすけ》……警視庁捜査一課所属。二係捜査のベテラン。巡査部長。
森内《もりうち》　洸《ひかる》……警視庁捜査一課所属。二係捜査の若手刑事。巡査部長。
泉《いずみ》　吉彦《よしひこ》……警視庁捜査一課管理官。かつて二係捜査を担当。
吉光《よしみつ》　勝《まさる》……警視庁捜査二課課長。警察官僚。
向田瑠璃《むかいだるり》……中央新聞調査報道班記者。（『不屈の記者』に登場）
栗原穂積《くりはらほづみ》……元興国《こうこく》商事社員。現在はコンサルティング会社を経営。
廣澤俊矢《ひろさわとしや》……元興国商事社員。現在は高級時計を扱う興廣《おきひろ》貴金属を経営。

1

栗原穂積《くりはらほづみ》は日本有数の総合商社、興国《こうこく》商事に勤務して七年目を迎えていた。

平均年収は国内企業でトップクラス、内定の時点ではひっきりなしに合コンの誘いがあり、女性に縁のなかった穂積は、モテ期というのを生まれて初めて経験した。

だが楽しいのは内定までで、新人研修が終わると地獄の労働が待っていると言われている。勤務時間は長く、夜中十二時に一旦《いったん》退社して、こっそり戻って徹夜で続きをすることもしばしばだったが、仕事にはやりがいを感じた。

配属されたのは非鉄本部といって鉄以外の金属の輸入を担当する部署だった。

最初の二年は本社勤務で、輸入した銅などの非鉄金属を、取引先に卸していたが、三年目からは南米チリに赴任した。

仕事の流れから、小売りに卸す内勤は「川下」、現地で探鉱、鉱山を確保して精錬所、さらに海上輸送に至るまでの仕事は「川上」と呼ばれる。

ただでさえ高い給与に、海外勤務手当、南米の危険手当もつき、学生時代から外国での仕事に憧《あこが》れていた穂積はことさら張り切った。

ところが赴任して五年目が終わりかけた今年初め、二十九歳で大きな壁にぶち当たった。

穂積が勤務していたチリ北部の鉱山は、興国商事の正社員三人と下請け会社とでチームを組んでいたのだが、正社員の先輩二人が精錬所からキックバックを受け、現地口座に蓄財していたのが本社に発覚したのだ。

三人全員に帰国命令が出て、調査委員会が設置され、穂積も再三聴取された。結果、先輩二人は解雇。横領はしていなかったが、先輩たちから資金の一部を交際費として受け取っていた穂積も、責任を免がれず、一ヵ月間の出勤停止が命じられた。

毎年、有能な社員が入ってくる興国商事は人材探しに苦労することはない。穂積はもう二度と海外に出ることはないだろうと落胆し、処分が出てから数日間、自宅から一歩も出ないほど塞《ふさ》ぎこんでいた。

そんな時、廣澤俊矢《ひろさわとしや》が、「栗原、大丈夫か」と噂を聞いて家まで会いに来てくれた。

廣澤は、育ちのいい子女が多い名門私大出身で、学生時代はイベントサークルを主宰していた。容姿もよくて、同期でも女子人気は一、二を争った。

だが配属先のコンビニエンス事業局はいわゆる「川下」で、月次ペースでのモニタリングや報告といったマネージメント業務が主な仕事だった。廣澤は「こんな退屈な仕事をしたくて商社に入ったんじゃない。独立する」とたった三年で退職した。

研修の頃から「俺はいずれ起業するために興国商事に入っただけ」と豪語する度胸満点の男だった。悪いこともひと通り経験していて、学生時代には大麻を吸ったこともあるらしい。

対して天下の興国商事に入ったことで満足していた穂積は、臆病《おくびょう》を自認しており、廣澤とは真逆のタイプ。起業の野心もなかったが、新入社員では廣澤と一番気が合った。

それは二人とも古い物、アンティークに興味があったからだ。

穂積はアンティークといっても伯父《おじ》から譲り受けた二十五年前のホンダ・シビックを大事に乗っているに過ぎなかったが、廣澤は車はもちろん、腕時計やヴィンテージデニム、家具、エミール・ガレのグラスにまで手を出し、部屋に飾るだけでなく、売り買いして利益を得ていた。

そうした趣味と実益を兼ねて、廣澤はアンティーク腕時計の小さなショップを渋谷《しぶや》に開いた。

ビールと評判の焼き鳥店のテイクアウトを持ってやってきた廣澤は、落ち込んでいる穂積を慰めてくれた。

「金に汚ねえ先輩のせいで、栗原もついてねえな。なにも悪いことはしてない栗原にまで制裁を加えるなんて、会社もどうかしてるよ」

「ありがとう。そう言ってくれるのは廣澤だけだよ。調査委員会なんて、俺まで隠し口座を持ってるって、ずっと疑ってたんだから」

「出勤停止ってことは、会社に行かないだけで、あとは自由にしてていいんだよな？」

「ああ、自宅謹慎ではないからな」

「だったら旅をしてきたらいいじゃないか。せっかく自由な時間を得たんだよ。異動先が決まったら、また毎日残業続きで、旅行なんてできなくなるぞ」

廣澤が言う通り、十日も自宅に籠《こも》っていたため気分が滅入り廃人寸前だ。二度と海外勤務はできず、閑職に回されるのは間違いないが、今の精神状態ではどん底から這《は》い上がっていこうという気持ちになれない。

海外赴任になった時に、シビックは手放していたが、廣澤は愛車である一九七〇年式のいすゞベレットを貸してくれるという。四人乗りのスポーツクーペで、日本で初めてGT（グランツーリスモ）を名乗った車だ。

ベレットは助手席に乗っているだけでも気持ちいい。それを運転させてもらえるとは。遠くに行きたくなった穂積は、能登《のと》半島まではるばる片道六百キロのドライブに出ることにした。

道路の片隅に積まれた雪が残る四月初めの北日本は、まだ冬枯れしていた。日本海《にほんかい》は荒れていて、立ち上がった白波と岩場がぶつかり合う音が、開けた窓から耳《じ》朶《だ》に触れる。

穂積は浮かれていた。まるでこの鄙《ひな》びた景色に、古い車が溶け込んでいるようで、自分が映画の主人公にでもなったような気分だったのだ。

昨夜は東京から四百キロ、車で六時間走った富山の氷見《ひみ》に泊まった。氷見を選んだのは富山湾を跨《また》いだ海越しに切り立つ立山《たてやま》連峰を見るためだった。

冠雪で白い山々が、夕陽に照らされ赤く染まっていく。男ならこの壁を乗り越えてこい、まるで山が焚《た》きつけてくれるような気がして、荒《すさ》んだ穂積の心を洗い流してくれた。

そして今日は能登半島を一周して、東京に戻る予定だった。

往路は能登半島の東側を走り、先端の禄剛崎《ろっこうさき》灯台に辿《たど》り着いた。東京と比べれば気温も低く、海風が冷たい。岸壁から海を覗《のぞ》く。藍色《あいいろ》をしていて、一度落ちたら上がってこられないほどの深みを感じた。

この奥深い恐怖に、ロマンが隠れているのだ。チリの鉱山がそうだった。いつ落盤事故が起きても不思議のない危険地帯にチリ全土だけでなく、他国からも屈強な男たちが集まってきた。

成功にリスクはつきものであり、どっちに転ぶか分からないスリルに男は魅了される。駐在時代を思い出す。あの頃は前の日が徹夜であっても、鉱床が見つかったと連絡を受けると、事務所を飛び出した。ぼやぼやしていると他国の鉱山会社や国内のライバル商社に先取りされてしまうからだ。ピックアップトラックで舗装されていない穴ぼこだらけの危険な道を何時間も飛ばし、車中泊が続いてもなんとも思わなかった。

旅に出て良かった。大事なベレットを貸してくれた廣澤には感謝しなくてはならない。憧れの名車でなければ、旅先も近場にしていた。

日本海に沈む太陽を目に焼き付けて戻ろうと、帰りは半島の西側を走る。

今走る道は海とは少し離れ、道の両側とも森に覆われていた。

灯台の駐車場で気持ちよく昼寝をしたせいで、この調子だと日没までに目的地の絶景スポットまで戻れない。穂積はアクセルを踏んだ。

ところが、急にエンジンルームから異音が聞こえ、車が上下に揺れ始めた。

バンパーから煙が上がっている。やばい、オーバーヒートしたようだ。

廣澤からは「定期的に整備に出しているからオイル漏れの心配はないけど、乗る前に水はチェックしろよ」と言われていた。昨日、家を出た時は確認したが、今朝は忘れた。

ベレットを脇道に停め、エンジンを切って車外に出る。

「あちっ」

ボンネットを触ろうとして慌てて手を離す。一瞬だったので助かったが、あやうく火傷《やけど》を負うところだった。

熱が冷めてから、ボンネットを開ける。ラジエーターに水はなくなっていた。どこかで水道水でももらってきて、補給したいが、見渡す限り、店舗どころか、住居すら一軒もなかった。

JAFを呼ぶ前に、まずは廣澤に電話をかけた。

〈だから水をチェックしろと言ったろ〉

「見たんだけど、急に水温が上がったんだよ」

確認しなかったとは言えず、ごまかす。

〈スピード出しすぎなんだよ〉

廣澤の言う通りだ。行きは高速でも飛ばさないように気をつけたが、今日はずっと法定速度以上で走った。

〈どのみち、そろそろ点検に出そうと思ってたからいいよ。俺から保険会社に電話を入れておく。レッカー会社から栗原の携帯に電話が来るはずだから、あとは俺の言う通りに進めてくれ〉

「分かった、修理代は俺が出すから」

〈いいよ、俺の車なんだから〉

そう言ってくれたが、穂積の不注意で壊したのだから、払うしかないだろう。

レッカー会社から電話はあったが、僻地《へきち》であるため今日中に積載車を寄越すのは難しく、明朝になると言われた。

「なんとか来てもらえませんか。僕は今晩中に東京に戻るつもりだったので、宿も取っていないんですよ」

〈そう言われましても、車がないもので……〉

やはり無理ということだった。

しょんぼりしていると、大粒の雨が降ってきた。霙《みぞれ》のような大粒の雨で、穂積は急いで車外に出て、開けっ放しのボンネットを閉める。車内に戻った時には全身がびしょ濡《ぬ》れだった。

　これはえらいことになった。

　荷物を持って移動するのが危険な南米で仕事をしてきた穂積は、旅行には捨てるつもりの着古した衣服を持って出る。

　そのため、昨日着ていた服は、パンツから靴下までビジネスホテルに捨ててきた。

　このままではびしょ濡れの衣服で、朝まで過ごすことになる。昼間は少しばかり春の兆しを感じたが、夜にかけて気温はぐっと下がりそうだ。朝まで無事過ごせるのか。まるで孤島に取り残されたかのように不安が渦を巻く。

　雨は止んだ。どうにか車を走らせられないかと、再びエンジンルームを開いて、降雨の間、ペットボトルを車外に置いて貯めた雨水をラジエーターに入れるが、エンジンはぴくとも動かなかった。完全に壊れてしまったようだ。

　予想していた通り、空気は冷え、まだ濡れたままの身体から体温を奪い取っていく。

　腹も減った。ホテルの朝食ビュッフェで腹を満たしたため、昼は抜いた。こんなことなら、コンビニに寄ってなにか腹に入れておくべきだった。

　トイレにも行きたくなった。左側は森なので立小便ができなくもないが、真面目に生きてきた穂積はそれすらしたことがない。

　途方に暮れていると、ガラス窓をノックされた。

「どうされましたか」

びっくりして振り返ると、自分と同じくらいの年代の女性が立っていた。

「実は車がオーバーヒートしてしまって……。保険会社に電話をしたのですが、積載車が来てくれるのが明日《あした》になりまして」

車から降りて説明する。

紺のダウンにジーンズ姿の女性は、髪を後ろで結んでいて、地味な印象だった。

「それは大変ですね。このあたりだと食事処も民宿もありません」

想像していた通りのことを言う。

「あの、もしかしてご自宅は近くですか」

「はい、そうですけど」

「でしたらトイレを貸していただけませんか」

「どうぞ」

「ありがとうございます。助かります」

快諾してくれたことに、車を置きっぱなしにして女性の後をついていく。女性の家は森を入ってすぐのところにある二階建ての一戸建てだった。

家に入るなり、トイレを借りて、どうにかすっきりすることができた。

出てきたら、女性が「濡れている服を乾かしていかれたらどうですか」と言ってくれた。「あいにく、乾燥機などという洒落《しゃれ》たものはありませんが、ストーブの前に干しておけばすぐ乾くと思いますので」

東京ではストーブは片づけたが、ここではまだ必需品らしい。

「ありがたいのですけど、着替えがないんです。日帰り旅行なので」

要らない服を持ってきて処分したとは、ケチくさい男のようで言えなかった。

「それでしたら」

二階に上がった彼女は着替え一式を持っておりてきてくれた。

肌着とトランクスは新品、スエットの上下は新品ではなかったが「洗濯していますので」と言われた。もとより男臭い鉱山に勤務していた穂積は、人が着ていた服でも平気で着られる。

「いいんですか。これって彼氏さんのじゃないですか」

一人暮らしの女性が男物の着替えを持っているということは、ここに通ってくる男性がいるということだ。

「今は一人ですから」

別れたのか。それなら気兼ねなく新品の下着も穿《は》ける。

温かいコーヒーも淹《い》れてくれた。

「洋服が乾くまで、この部屋でテレビでも見ていてください。私は二階で仕事をしていますので」

「はい」

「なにか必要なことがあったら、二階には来ないで、下から呼んでくださいね」

「なんか、鶴の恩返しみたいですね」

昔話を出したが、彼女には意味が通じなかったのか、反応もなく階段を上がった。

濡れた服をパンツまで脱ぎ、すべて着替えた。脱いだものはストーブの前に置いてあったスタンドにかける。

テレビを見て過ごす。東京ではゴールデンタイムの番組が放送されていた。

テレビには集中できなかった。彼女は二階でなにをしているのだろうか。普通は初めて来た客が二階に勝手に上がったりするはずがないのだから、あえて来ないでとは言わない。足音を忍ばせてリビングを出て、階段の下から見上げてみるが、普通の二階部分にしか見えなかった。覗《のぞ》いているのを知られたらまずいと、穂積は再びリビングに戻る。

一時間もしないうちに女性が降りてきた。

「服、どうですか」

「おかげさまで乾きました。薪《まき》ストーブ並の火力ですね」

石油ストーブだが東京では見たことがないほど大型だ。

「冬の間は、ストーブがないと凍え死んじゃいますから」

服も乾いたのだからここで家を出るべきだろう。だが彼女の凍え死ぬと言った言葉が頭から離れない。四月なのでそこまでの寒さではないだろうが、車のシートは湿っているし、寒さは拭《ぬぐ》えない。食事も当然、抜きになる。

「あの、お願いなのですが、今晩ここに泊めていただくわけにはいきませんか」

さすがに女性は驚いていた。

「厚かましいのは百も承知です。このリビングをお借りするだけで充分です。ソファーで寝ますし、朝には積載車が来るので、日が出たらすぐに出ていきます」

頭を下げる。女性一人で生活しているのだ。普通は無理だろう。

「そうしてください」

「えっ、いいんですか」

「はい、困っている時はお互い様ですし。お腹も空《す》いていますものね」

「はい、実はそれもありまして」

素直に認めた。彼女も笑みを浮かべていた。

「私はまだ少し仕事が残っていますので、それが終われば、夕食を作ります」

「ゆっくりお仕事をしてください。僕は平気ですから」

そう言われてようやく不安から逃れることができた。むしろ美しい女性と食事を共にできるなんて、こんなラッキーなことがあるだろうか。

三十分ほどで、「お待たせしました」と彼女が降りてきた。白シャツの上からエプロンをして食事の支度をし始める。ポニーテールにしているうなじに自《おの》ずと目が行く。

「ごめんなさい。しばらく買い物に行っていないので、ありあわせのものしかなくて」

食卓には肉野菜炒《いた》めとご飯が並べられた。

「美味《おい》しそうです。一人暮らしで自炊はしないので、白いご飯はとくに嬉《うれ》しいです」

「それは良かったです。ご飯しかないのでお替りしてくださいね」

「僕が立ち往生しているの、よく気づいてくれましたね」

「雨が降る前、車の音がしたら、急に止んだんで、どうしたのかと思ったんです。そうしたら大雨が降ってきたので、もしかしてと思って」

灯台ではたくさんの人がベレットを見ていた。穂積はカッコいいからだと思っていたが、違っていた。廣澤がカスタムした大きなマフラーからの爆音のせいだったのだ。

「暴走族かと思いましたか？」

「いえ、そんなことは」

「本当ですか？」

「正直思いました。土曜日の夜とかに町の方からバイクが集団でやって来るので。だから怖い人だったら、声をかけずに帰ってきてましたよ」

「失礼ですけど、お名前を教えていただけませんか」

すでに自分は栗原穂積だと名乗っている。

「おくかわです」

「下のお名前は」

「えっ」

彼女は戸惑った。「すみません、海外勤務が長かったせいで、ファーストネームを訊《き》くのが習慣になっていて」

本当は単に知りたかっただけだが、そう理屈をつけると「さとみです」と教えてくれた。

「おくかわさんは、どのような仕事をされているのですか」

「モノづくりです」

「服とかですか」

「美術です」

「すごい、芸術家なんですね」

周りに一軒もない静寂した森の中に住んでいることまで合点がいった。人里離れた場所だからこそ、様々な自然からインスピレーションを得て、作品が生み出せるのだろう。同時に彼女が発した謎の言葉まで納得できた。

「それで二階に来ないでほしいと言ったんですね。芸術家の方は、制作過程の作品は見られたくないと言いますものね」

「芸術家なんかじゃないです。全然売れてないし、進展してませんし」

謙遜《けんそん》するが、周囲に商店がないこの場所に住んでいるということは、他に仕事は持っておらず、芸術一本で生活しているということだ。

車もなかった。買い物はどうしているのかと尋ねると、自転車で五キロほど先にあるスーパーまで行くらしい。五キロというと相当な距離だ。

食後はさとみがワインを出してくれた。

打ち解けた穂積は自分の話ばかりした。

大学を出て、興国商事に入ったこと。非鉄部門に配属された時は、超エリート同期から「今時、非鉄なんてついてないな」と笑われたこと。だがその後、銅価格が上がって、社内では期待されるセグメントに変わりつつあること。

「どう？」

さとみから首を傾げて訊き返される。

「銅メダルの銅です。足尾《あしお》銅山とか社会科の授業で習ったと思いますが、昔は日本でも採れたのですけど、今は輸入に頼っています。最近は再生可能エネルギーや半導体の製造現場で、腐食しにくくて電気を通しやすい銅の需要が増え、世界各国が発掘を中断した銅山を再開したり、古いパソコンや電化製品をリサイクルしたりと、銅の奪い合いになっているんです。もちろん一番いいのは、銅山を見つけることです」

入社三年目から南米チリに赴任した話もした。他の商社は探鉱、発掘は関連会社に依頼するが、興国商事は現地の駐在員がすべての部門に携わる。

赴任半年で埋蔵量が一千億円を超える銅山を入手して、会社から特別賞与を受けた。それはビギナーズラックで、その後は見つけたと思っても、埋蔵量が少なく落胆することの方が多かった。

銅に限らず、鉱山開発にはブラウンフィールドとグリーンフィールドの二種類がある。ブラウンフィールドとはすでに開発が進んでいる鉱山で、リスクは低いが購入金額が高く、あまり利益は出ない。

一方のグリーンフィールドはまったくの未開発地のこと。木を倒して、青草を刈って、そこから掘ってみないことには、どれだけ埋まっているか定かでなく、リスクは大きい。リスクが大きいのに、鉱山ハンターや商社マンはグリーンフィールドを好む。利益が大きいこともあるが、見つけた時の感激や興奮度はどんなギャンブルにも敵《かな》わないからだ……。

仕事の話をするのは苦手で、これだけ話したのは人生で初めてだ。

いつしか彼女に気に入ってもらいたいという気持ちが芽生えていた。

地味に見えた顔だが、小さな顔と絶妙にバランスが取れていて、鼻梁《びりょう》や口は淑《しと》やかさを感じるほど品がある。白くてきめの細かい肌は台所の灯《あか》りでもよく分かった。

廣澤には申し訳ないが、車が壊れたことに感謝した。こんな美しい女性と出会え、食事を共にできたのだから。

さとみは穂積の話を真剣に聞いてくれていた。しかし彼女の仕事のこと、どんな作品を作っているのかを質問しても、「私はたいしたことはしていないので」とはぐらかされる。

絵画なのか、それとも輪島《わじま》の近くなので漆塗りなのか。聞きたいことは山ほどあったが、話したくないのであれば無理に聞くことはない。

穂積にしたってどうして平日に能登旅行に来たかを隠している。まさか先輩が不正をして、自分まで一ヵ月の出勤停止処分を受けているとは言えなかった。

ワインは空になり、穂積の酔いが回った。

時計を見たら九時を過ぎていた。食事を始めたのが七時だったから、二時間も話していたことになる。

壁の時計を確認したのが、さとみにも見られたようだ。

「もうこんな時間ですね。お疲れでしょうから、お休みになってください」

クローゼットからタオルケットを出して、ソファーに置いてくれた。三人用のソファーなので眠るのには充分だ。

「さとみさんはどこに」

初めて下の名前で呼んだ。

リビングの向こうにはもう一室ある。

「私は二階で眠ります」

「工房以外にも部屋はあるのですか」

「三部屋あります」

一人暮らしにしては部屋が多いと思った。恋人がいたのではなく、ここで男性と暮らしていたのだ。だが部屋を見た限り、男の気配はなに一つ感じなかった。

前は恋人と同棲《どうせい》していて別れて一人になった。そう思うと、彼女の美しさの理由が分かった。それはどこか物寂しげなのだ。時々見せる思いつめたような無言の表情に、穂積は一層そそられた。

ソファーから戻ってきたさとみがよろめいた。穂積は立ち上がって抱き寄せる。細い身体が腕の中にすっぽり収まった。

「すみません」

「いえ」

慌てて手を離す。だが思いのほか酔っているのか足どりがおかしい。

「二階までお手伝いしますよ」

「自分で歩けます」

そう言われたが、まるで甘い蜜《みつ》に引きつけられるかのように、穂積はさとみを強く抱きしめた。

頭が真っ白になっていた。彼女の小さな唇に口をつける。

「いや」

さとみは口をきつく閉じて、穂積の体を離そうとした。

穂積はもう一度、口をつけた。口が離れないよう強く抱きしめ、そのままソファーに押し倒した。

「ダメです、やめてください」

さとみは口を離して拒絶するが、手から力は感じなかった。抵抗していない、穂積はそう思った。

さとみだって彼氏と別れて寂しいのだ。だから自分を家に入れ、泊まることを許してくれたのだ。

「お願いです、栗原さん、こんなことをしないでください」

恐怖に怯《おび》えたかのように、さとみからは懇願が聞こえてくるが、本当に嫌ならもう少し抵抗するだろう。

口を首筋に移しながら、シャツをめくってブラジャーの上から胸をまさぐる。興国商事に入って国内勤務だった頃には、恋人はいたが、海外勤務になってからは、女性関係は皆無だ。先輩たちは休みになると売春宿に行っていたが、穂積は誘われても断った。体の関係を欲していたわけではない。純粋に好きになった。だから自然とこうなっただけ……だが胸を触っていた手を、デニムから下着の中に入れようとしたところで動きが止まった。さとみはまるで意思を失った人形のように、目を開いていたからだ。

衣服を着たままの穂積は我に返り、体を離した。

「すみませんでした」

その場で土下座をする。とんでもないことをしたと全身の毛穴から汗が染み出る。

「せっかく親切にしてくれたのに、こんな失礼なことをして」

このまま真夜中に追い出されても仕方がないと覚悟した。いや、警察に突き出されるか。

「いいんです、私がワインを出したから」

さとみは小さな声でそう言い、めくれたシャツを整えて二階に上がった。

ソファーで横になったが、自己嫌悪で眠れなかった。月夜の灯りの下で、自分はなんて愚かなのだ、人助けなんかすべきではなかったと、さとみに心の傷を負わせてしまったと反省する。

ようやくまどろんだところで、朝日のまぶしさで目を覚ました。

驚いたことにソファーの前にはさとみが立っていた。表情は硬い。昨日は結んでいた髪が解かれ、背中までの長さがあった。

「昨夜はすみませんでした。本当にどうかしてたんです。ごめんなさい」

座り直して、頭を下げる。

「もう済んだことですから」

そう言うと、食卓には朝食が用意されていた。トーストに目玉焼きとハム、それに紅茶。なにもなかったかのように話せるほど、穂積は図々《ずうずう》しくなかった。黙って全部食べ終え、「ごちそうさまでした」と礼を言う。

許してくれたわけではない。食事中、さとみは一度も穂積の顔を見なかった。

食べ終わり、ストーブでぱりぱりに乾いた昨日の服に着替え終わると、スマホが鳴った。積載車の運転手から電話があり、あと十五分くらいで着くと言われた。

ここから現場までは数分だが、さとみにこれ以上、嫌な思いをさせないためにも、一刻も早く立ち去った方がいい。

「僕は行きます。助けていただいて本当にありがとうございます」

すみませんと謝ることが、彼女に嫌な記憶を思い起こさせる気がして、「なにか自分にお礼ができるのなら、なんでもするのですが」と別のことを言う。だが襲ってきた男になど、なにも頼みたくないだろう。

さとみは唐突に二階に上がった。

出て行った方がいいのか迷って、呆然《ぼうぜん》としていると、一分もしないうちにさとみが小さな段ボールを抱えて降りてきた。

「でしたら、これを持っていってもらえませんか」

「なんですか」

さとみから渡された段ボールを開ける。中には長方形の白い箱が入っていた。

「これ、中を見ていいですか」

「はい」

箱の中身は和紙で包まれた銅板だった。板になるまでの工程は専門外だが、七年間、その分野のスペシャリストとして仕事をしてきたのだから、素材は一瞬で判断できる。

ひっくり返すと、精巧に彫られた模様に声すら出なくなった。これは一万円札ではないか。本物の原版《げんぱん》であるわけがないから、これは偽札用ということだ。

「これ、どうして」

「理由は聞かないでください」

すぐさま質問を遮られた。

「刷った物が、箱の下にあります」

箱を探ると、封筒があり、そこには一万円札が入っていた。

触っただけで偽札だと分かった。

ただし、偽札と分かるのは紙の質が悪いからであり、彫りは細かくて繊細な模様まで入っている。

「それをどこかに処分してほしいのです。誰にも見つからないように」

「捨てるなら、おくかわさんが捨てればいいんじゃないですか」

穂積は銅の専門家ではあるが、溶かすには高炉という施設がいる。国内にもなくはないが、そんなところに持っていってバレたら、出勤停止では済まなくなる。都会より森の中の方が捨てる場所はいくらでもあるはずだ。

「自分で処分できないから頼んでいるんです。もうすぐ取りに来ます」

「取りにって誰がですか」

「それは言えません。誰かに持ち出されたことにしないと、私は永久に追われることになるので」

消え入る声で答えた。

断りたかったが、言い出したのは穂積だ。なんでもすると口にしたことで、彼女は大切な秘密を打ち明ける気になり、穂積を頼ってくれたのだ。

　さとみがなぜ偽札を作っているのかは、どうにも理解はできなかった。一般女性が自ら偽札作りを始めるとは考えにくいから、彼女の彫刻技術に目をつけた裏社会の人間が、無理やりこの家に彼女を軟禁し、原版を作らされたのではないか。二階は偽札作りの作業場になっている。だから二階に来ないでくれと言ったのだ。

「分かりました。僕が持ち帰って、どこかで処分します」

「ありがとうございます」

「でも僕が持っていくだけで大丈夫なのですか」

　この後さとみは創作に専念できるのだろうか。怖い連中なら家中探し回り、彼女が持っていないと言い張っても、誰に渡したか拷問して吐かせる。あるいはまた一から作らせる。

「そうしていただければ、私も自分の仕事に専念できます」

　持ち出せば安全になるのなら、これ以上の長居は無用だ。さとみだけでなく、穂積まで危険に晒《さら》される。

　渡されたのは原版だけ。刷った偽札は、さとみがガスレンジで火をつけ、シンクで燃やした。

「では僕は出ます」

　バッグも持参しなかったので、原版をシャツの中に隠し、抱え込むようにして森の中を走る。

置きっぱなしにしているベレットの前には、すでに積載車が到着していた。書類にサインをした。その間も誰かに見張られているようで、気が気でなかった。何度も周囲を見回すが、誰もいない。

積載車の運転手に東京まで乗せて欲しいと頼むが、そういうサービスはしていないと断られた。

仕方なくタクシーを呼ぶ。幸いにも十分ほどで来てくれるそうだ。だが一人にされるのが不安だった穂積は、その何倍も時間が長く感じられ、車が到着するまで同じ景色を幾度も確認した。

タクシーに乗るところでもう一度、外を見る。さとみの家がある森の奥まで眺めたが、人の気配はなかった。無事、誰にも知られず持ち出せたようだ。

今頃になって、連絡先を交換しておけば良かったと悔いが生じた。

だがそれには危険が伴う。

さとみが恐れる連中が、原版がないことに気づけば、真っ先に彼女のスマホを調べる。そんなところに自分の電話番号が残っていれば、連中は東京まで捜しにくる。

いや怖いのは追われていると言った相手が警察だった場合だ。

そう考えると会社名や仕事のことまで話したのは軽率だったと後悔したが、さとみは仮に捕まっても穂積の名前を出さないような気がした。

原版を作らされたことが彼女にとって十字架であるなら、穂積は身の危険と引き換えに彼女を解放してあげた。脳裏からは昨夜の愚劣な行為は消えていた。
タクシーが輪島のバスステーションに到着した。そこから三時間かけて、金沢駅《かなざわ》まで
バスで出て、北陸《ほくりく》新幹線に乗った。
タクシーに乗ってからは、運転手にも見られないよう、足もとで原版をリュックに入
れた。バスでも新幹線でも荷物置き場に置かず、リュックを前にして抱え込んだ。隣の
客からは怪訝《けげん》な顔をされた。
ひと眠りもせずに東京駅に着くと、タクシーで廣澤の広尾《ひろお》のマンションに行く。
「車壊した詫《わ》びに、北陸の海の幸でも買ってきてくれたのか」
笑いながら部屋に招き入れた廣澤に、穂積は冗談で返す余裕はなかった。道中、ずっ
と胸の中に潜めていた昨夜からの出来事を一気に吐き出す。
「なんだよ、のろけ話かよ。そういう土産はいらねえよ」
びしょ濡《ぬ》れの服のまま立ち往生していた時に美しい女性に家に招き入れてもらったと
ころまで話すと、廣澤は断ち切ろうとしたが、穂積は無視して話を続ける。
彼女と無理やり関係を持とうとしたところは、「栗原でもそんなことをするのかよ。
で、やったのかよ」と前のめりになったが、途中でやめて謝ったと伝えると、退屈なの
か欠伸《あくび》をしていた。
「それが今朝になって、これを渡されたんだ」
バッグから長方形の白い箱を出す。

「なんだよ、仰々しいな」

箱の中にさらに紙で包装されていたことを廣澤は笑ったが、銅版を手にして彫り面を覗《のぞ》いた時には、目を瞬《しばた》かせていた。

「これってまさか」

「ああ、偽札の原版だよ」

「似非《えせ》芸術家が、遊びで彫ったものか」

「違うよ、摺《す》り終えたものを見せてもらった。紙質の違いはあったけど、一万円札にそっくりだった」

見比べたわけではない。だが穂積の目には本物と瓜二《うりふた》つに彫られているように見えた。そもそもが、ひと目で偽札だと分かるレベルなら、彼女だって処分を頼まない。

「どうなってんだよ、話が全然、見えねえよ」

「彼女がなんのために偽札作りをしていたのかは知らない。だけどこの原版を製作したのは事実だ」

「途中、幽霊とセックスしてきた話を聞かされてるのかと思ったけど、そんな作り話ではなさそうだな」

「当たり前だろ、俺が嘘をついていると思ったのかよ」

「それより、この原版どうするんだよ。バーナーで燃やすにしても、相当な時間がかかるぞ」

「それが……」

言いかけた途中で穂積は黙った。銅の専門家なのだから、腐食液につけるなり彫り面を消す方法はいくらでも思いつく。廣澤の家に来るまではそうするつもりでいた。だが、彼女との一夜を話したら、心変わりした。

「まさか持っておきたいとか言うんじゃないだろうな」

「うん、これを持っとけば、また彼女と会えるような気がするんだ」

「彼女は処分することを望んでいたんだろ？」

「そうなんだけど、今、俺と彼女を繋《つな》げるものはこの銅板しかないわけだから」

持っておくのは危険だと廣澤から叱られると思った。ところが廣澤は「それなら俺が預かっといてやるよ」と言い出したのだ。

「廣澤がどうして預かるんだよ」

「うちは時計店だからいくつも金庫がある。そこなら安全だろ」

廣澤の顔が一瞬、脂下《やにさ》がったのを穂積は見逃さなかった。

「まさか、廣澤は偽札を作る気じゃないだろうな」

「そんな馬鹿なことはするか、お縄になっちゃうよ」

否定しながらもずっと原版を見つめている。

「おまえが持つより俺が保管しておく方が安全だ。おまえが返してほしくなったらいつでも渡すよ。だけどその女に会いに行くのは危険だと思うけどな。どんな怖い連中が待ち受けているか分からないだろ」

確かにそうだ。せっかくうまく逃げ出したのに、自分から捕まりに行くようなものだ。

結局、原阪は廣澤に預け、そのまま自宅に戻った。

二週間後には、出勤停止の処分が明けた。

処分前には上司から、関連会社への出向もありうると仄《ほの》めかされていたが、異動先は本社の食料品部門だった。

穀物など食品の原材料を輸入して、関連子会社に販売、売り上げだけでなく、為替の差益も利益とする。

興国商事では非鉄部門より出世コースと言われていた。

ただし海外で穀物を輸入するバイヤーではなく、川下と呼ばれる小売りに近い仕事は、穂積の満足感を満たすことはなかった。

八月終わりのまだ残暑が厳しい夜、廣澤のマンションで酒を飲んだ時にこう言われた。

「栗原、おまえ、もう会社に嫌気がさしてるんじゃないのか」

「本音を言えばそうだけど、せっかく手に入れた興国ブランドを、廣澤みたいに易々と捨てられないよ」

「栗原は前に留学してＭＢＡの資格を取りたいって言ってたじゃないか」

「したいけど、金がないよ。俺は大学も奨学金で行ったし、その返済も馬鹿にならないんだから」

貯金はしているが、ＭＢＡ留学となると、とても足りない。

「いっそ起業したらどうだよ。栗原はチリに五年も駐在してたんだ。銅の分野ではプロフェッショナルな知識も経験もあるんだから、コンサルをやるとか」

「銅のコンサルなんて、そんなニッチな業種、ニーズはないだろ」

「銅だけじゃないよ。資源に関わっていたということは、輸出入の基礎からノウハウがあるってことじゃないか。輸送会社ともコネクションがあるわけだし」

「コネクションはなくはないけど、会社を作るとなるといくらかかると思うんだよ」

「貯金はいくらある？」

「七百万くらいかな」

「それだけあれば充分いけるだろ。俺なんて百万程度で独立したんだぜ」

「廣澤は三年でやめたからだろ。オフィス借りて、スタッフ雇って、その上、海外まで商談に行ったら、七百万程度のはした金では、すぐ倒産だよ」

それくらい資源を扱うのはリスクがある。商談に行き、手ぶらで帰ってくることもありうる。

「栗原が海外に行くことはないんだよ。資源の仕入れ先や製品の輸出先に困っている町工場は日本にはいくらでもある。そういうところにこうすればもっと儲《もう》かりますと、指南してやればいいんだよ」

「それだって資本金はいるし、信頼を得るまで時間がかかるだろ」

「俺も金を出してやるよ。百万出す」

「いいよ、廣澤に借りるくらいなら銀行に借りるから」

「俺の金は返さなくてもいい金だぜ」

「えっ？」

意外な言葉から脳裏にあのことが浮かぶ。偽札を渡されるのかと思った。

「勘違いするな。本物の金だよ」

不安が顔に出ていたのか、胸の中まで射貫《いぬ》かれた。

あの原版をどうしたのかは聞けなかった。預かっておくだけだと言いながら、廣澤は利用しているのではないか。そうでなければ百万円をくれるなんて言わない。悍《おぞ》ましさに全身が粟立《あわだ》ったが、怖くて口にできなかった。

その日は「独立なんて考えないよ。せっかく興国商事に入ったのに」と、廣澤のマンションを出た。

それなのにその一ヵ月後、穂積は人事に退職届を出し、恵比寿《えびす》のシェアオフィスを借りて、一人でコンサルティング会社を立ち上げた。

それが去年の九月だからちょうど一年前になる。

廣澤からは約束通り、百万円の祝い金を受け取った。

穂積が独立を決意したのは、男の人生の成功に、危険がつきものであることを思い出したからだ。

切り立つ立山連峰、音を立てて押し寄せてくる荒波と深くて黒い能登の海……なによりもおくかわさとみという妖《あや》しい美女に遭遇し、彼女から危険なタスクを託された。

あの能登旅行が自分の未来を切り開き、背中を押してくれたのだ。

2

「やっぱり向田《むかいだ》さんは向いてたんだね。配属先が調査報道と聞いた時、会社も見る目があるなと思ったもの」

久々に会った原千恵美《はらちえみ》支局長は、変わらないチャーミングな顔で、一年振りに中央新聞千葉支局にやってきた向田瑠璃《るり》を出迎えてくれた。

入社後の研修後に配属される新人記者の登竜門である支局勤務、瑠璃はこの千葉支局で三年間、事件記者をやった。その三年目に支局長としてやってきたのが原だった。

六十歳で定年をむかえた原は、それまではパリ支局、ロサンゼルス支局で活躍した特派員で、定年後も特別記者として外信部に残ってほしいと要請されたが、「残りの人生は若い記者に自分の経験を伝えたい」と志願して支局にやってきたのだった。

原の前の支局長からも記者の基礎を教わったが、原が支局長として来ると聞いた時、瑠璃の心は躍った。

実家が中央新聞を購読していた瑠璃は、中学生の頃から原の《パリ裏通り》や《ウエストコーストは今朝も賑《にぎ》やか》といったコラムを愛読していたからだ。

外信部というのは特殊な部署だが、最初は瑠璃と同じく支局で事件記者をやり、そのあとは政治部や社会部で経験を積む。ワシントンやロンドン、EU本部があるブリュッセルなら政治部、パリやロサンゼルス、あとは中東や東アジアは社会部記者が派遣される。

多くの特派員は公式発表や海外の新聞の内容を流してくるが、原は違っていて、自分の足で町を散策し、気付いたことや日本で考えられないこと、読者がパリやロスに行きたくなるようなコラムを書いていた。

とはいえ、原が支局長として赴任した年、瑠璃は取材で大きなミスをして、記者の仕事は向いていないと本気で悩んだ。

その時、原から「ミスは誰にでもあるから」などと慰められていたら、きっとやめていた。

ところが原からは「向田さん、これ取材してくれる」「これを三回の連載でお願い」と次から次へと仕事を振られたのだ。やる気を失っているのは分かっているはずなのに、仕事を命じる原が恨めしかった。

自分が投げだしたら、他の記者の負担が増えると、瑠璃は毎回「今回だけ」と自分に言い聞かせてこなした。終わると、また原から次の指示が出る。そうしているうちに三年目が終わり、本社に戻ることになった。

本社に移っても退職の意思はかわらず、社会部長に辞表を出したが、預かられたまま調査報道担当にされた。

調査報道班でも原と同じように先輩から次から次へと仕事を与えられた。

最初はやる気がなかったが、闇に隠れていた事件が次第に形となって表れてきたことで瑠璃ものめりこんでいった。その取材がスクープ記事となり、世間で話題になった時には心が浮き立ってきて、いつしかやめたいという気持ちは消え失《う》せていた。

「私が今でも記者をやってるのは、支局長が次々と私に無茶振りしてくれたお陰です。あの頃は、憧《あこが》れの原千恵美記者が鬼に見えましたけど」

本当にそうだ。千葉県版の一ページに瑠璃の記事が二本も三本も載ることがあった。

「いいのよ、上司なんて少しくらい嫌われた方が組織はうまくいくの」

ホホッと口に手を当てる。海外の貴婦人のようだが、かと言って着飾ったところはない。服装もカジュアルで、アクセサリーもほとんど付けず、メークも最低限。だが普段の手入れがいいのか、肌は若い。いつも活《い》き活《い》きとして、なにをするにしてもポジティブだ。

「それに私は仕事が楽しいなんて思う人、あまり信じられないのよね」

「楽しいといけないんですか」

原のイメージとは違って意外だった。自分が楽しかった記者の仕事を教えようと、瑠璃に言いつけていたのかと思っていた。

「楽しいを簡単に口にする人って、それは全力を出していない人なのよ。でも全力を出すって、走ることや泳ぐことでもそうだけど、とてもしんどいでしょ。でも全力を出し切ったその先に、これまでとは違った景色が見えてくるの」

「悩んでいたあの頃と今とでは、朝起きて、仕事に行くまでの気持ちが違います。それでも新しい事件が起きると、憂鬱《ゆううつ》なのは変わらないけど」

「憂鬱でいいのよ。悲しい事件が起きて、喜んで現場に行く記者がいたら、その記者の人間性を疑うわ。それに向田さんは几帳面《きちょうめん》だから、私が与えた仕事をすべてこなしたけど、中には途中で投げ出して、やめてく子はやめちゃう。それって、すごくもったいないなって思うのよね。別に仕事は記者でなくてもいいんだけど、一度やめちゃうと、いつまで経っても全力を出せないまま、歳だけ取るでしょ。自分の力の限界を試せるのが二十代だと私は思ってるから」

原の言う通りだ。歳とともに全力を出したくなくなるのは、なにも体力的な問題だけではない。中堅、ベテランになると、失敗した時のことを考えてしまうのだ。

調査報道班の二人の先輩は三十代でもつねにフルパワーで取材しているが、社会部の他の先輩記者には「俺は人と競争しない主義なので」「スクープを取っても別に他紙より少し早いだけで、世の中から求められてないっしょ?」と言う人が結構いる。そうした最初から逃げ姿勢の人は、往々にして高学歴のエリートが多い。

スクープを取るだけが新聞記者の仕事ではないと思っているが、原の特派員時代のコラムのように他紙には載っていないネタを見つけて、読者を中央新聞のファンにさせるのも記者の任務である。

特派員時代の原は一年中、ほぼ休みなくコラムを掲載していた。優しい文体から、肩の力を抜いて書いているように思えたが、原のことだから疲れている時でも頑張って町ネタを探し回り、提出するまで何度も推敲《すいこう》したのだろう。けっして楽しいことばかりではなかったはずだ。

「私の若い頃、中央新聞の調査報道といったら、看板だったのよ」

「知ってます。大見《おおみ》正鐘《まさかね》さんの時代ですね」

その人はすでに亡くなっているが、業界では伝説の調査報道記者と今も語り継がれている。現在の調査報道班キャップの那智《なち》は、大見の甥《おい》だ。

「そう、大見さんがキャップで、班員もたくさんいた。みんな優秀だったわ」

「支局長なら大見さんにリクルートされたんじゃないですか」

支局から本社に若手が戻ってくると、各部署の担当キャップがこの若手をほしいと部長に要望を出す。それを中央新聞ではリクルートと呼ぶ。

「そうそう、下手くそだけど、エピソードだけは詰まった記事を毎日書いていたのを大見さんに評価されて、調査報道班に来ないかとは言われたの。でも私はできませんって断ったのよね。あとでどうして断ったんだろうって後悔したわ。あの時は無理だと思ったけど、もしかしたら私でもできたんじゃないかって。調査報道班がスクープ飛ばすたびに、あの時返事していれば、私も一緒に喜べたのにって、自分が情けなくなっちゃった」

「大見さんに『やっぱりやります』って言わなかったんですか」

「社会部の忘年会で偶然、大見さんの隣に座ることがあったの」

「大見さんは見る目があるから、そこで支局長の気持ちを見抜いて、調査報道班に来ないかともう一度誘ってきたんじゃないですか」

「それでも良かったけど、言われたセリフはもっと嬉《うれ》しかったかな。その頃、私は遊軍で、町ネタを毎日、拾っては短い原稿で載せていたんだけど、大見さんから『原さんの記事は目の付け所が面白いね』と言われてね。『原さんは記者目線で取材していない、読者と同じところで見ているね』とまで言ってくれたの」

「他の記者は上から目線って意味ですか」

メディアはつねに偉そうだというのは、昔も今も批判されていることだ。

「私もそういう意味かと思ったけど、大見さんの説明は違ったの。ネタを探そうとすれば落とし物を見つけるのと同じ感覚になる。だから俯《うつむ》いて、原稿までが暗くなる。それが私の記事は、あなたが目を輝かせて取材しているのが伝わってくるって。確かに私は好奇心旺盛《おうせい》だから、遊園地に新しいジェットコースターができたら自腹で乗ったし、地震研究所に行って震度七の揺れを体験した。あとは陸上のハードル選手を取材した時は、一緒に四百メートルハードルを走らせてもらったのよ」

「四百メートル、それもハードルですか？」

運動神経ゼロの瑠璃なら最初のハードルで怪我をする。

「一つ飛ぶのに必死で、選手に一分くらい差をつけられたけど、私の記事を大見さんは全部読んでくれてたの。大見さんと話して、この先も自分で体験する記者になろうって、将来像のようなものが見えてきたのよ」

原のコラムを瑠璃が夢中になって読んだのも当然だ。外からの取材ではなく、中に入って経験しているからリアリティがあって面白かったのだ。

資料を調べることが中心の調査報道班だが、やはり真実を知るためには他の記者と同じで、取材対象者の顔を見て話し、肌で感じて、初めて事件の核心が見えてくる。

原には昼食をご馳走《ちそう》になった。小さなフランス料理店で、千三百円のランチだったが、パンにはエシレのバターがついてきた。

原はつけすぎと思うくらい、バターをたっぷり載せたパンを頬張っていた。

休みを利用して、憧れの大先輩に会いに来て良かった。

記者は人に伝えるのが仕事ではなく、人が知らないことを、伝えることができる仕事なのだ。今まで以上に楽しんで取材をしたい。

ただし原が言っていたように、気軽に口にできる楽しさではない。足が棒になるまで動き回って、その先まで到達した者だけが味わえる楽しさ。幸いにも今の瑠璃には、そうした達成感を味わえる仲間がいる。

食事を終えて原に礼を言って別れた。

千葉にはもう一人、瑠璃の恩人がいる。当時は習志野《ならしの》署にいたが、今は千葉東署に異動になった。その人、加藤陽《かとうあきら》は刑事課長から副署長になったのだから大出世である。

瑠璃が支局時代にしでかしたミスとは、若い母親が乳児を車に置いたままパチンコをして、逮捕された事件のことだ。母親にはそうしてしまった深い事情があり、瑠璃はそこまで取材することなく、ネグレクトだと母親を批判した。

自分の浅い取材に自己嫌悪になっていたのだが、そんな時、加藤から「あなただけ特別に連れて行ってやる」と言われ、未成年女子に体を売らせて貢がせているホストの摘発現場に同行させてくれたのだ。

とは言っても室内まで入れたわけではなく、外からカメラを構えて待機していたのだが、現場突入のゴーサインが出る前の捜査員は、これから逮捕できるというのに全員、顔が青白く見えた。

無事逮捕が完了してから、瑠璃は加藤になぜ自分を連れていってくれたのかを尋ねた。

——向田さんはうちの捜査員の顔を見たか。

——はい、みんな硬い表情をされていました。

——なぜか分かるか？　今日いたほぼ全員が、過去に何度かは、犯人を取り逃がしたり、証拠を隠滅されたりと、失敗を経験しているからだよ。みんなもう二度とヘマはしないと、自然と緊張感が走るんだ。

そこまで言われて加藤がどうして、現場に連れて来てくれたのか、理解できた。

――向田さんがこれまで一生懸命仕事をしてきたのを俺は見てきたからな。あなたに足りなかったのは失敗がなかったことだよ。それが今回ミスをした。人間の経験には成功より、失敗から学ぶことの方が圧倒的に多いんだ。失敗をしたからこそ、次はもっと慎重になれる。俺は熱心に事件を追いかけていたあなたに、今回のことで記者の仕事をやめてほしくなかったんだ。

胸が熱くなって、油断したら泣いてしまいそうだった。

本当に自分は恵まれていると思う。記者の職業が向いているとは思わないし、この先、やりたい仕事ができて、転職するかもしれない。だが記者以上にやりたいことが見つかるまでは、原に言われたように全力を出し切ること、そして加藤に言われたように失敗を教訓に、同じミスを繰り返さないように慎重になること、その二つを胸に仕事を続けていくつもりだ。

前回は習志野署の刑事課でのんびり話せた。加藤には「午後二時くらいに伺います」と連絡しておいたのに、千葉東署の副署長席に姿はなかった。

事件のたびに臨場する課長と比較すれば、広報担当も兼ねる副署長は在署することが多く、忙《せわ》しなく動き回ることもない。

それなのに副署長席はいつまで経っても空席で、署員に訊《き》いても「どこにいるのか分かりません」と、歯切れが悪い。

事件が起きたのか。だとしたら余計に副署長はここにいるべきだ。いつメディアから電話がかかってきて、直接取材を受けるか分からない。副署長が防波堤にならないと、記者は勝手に刑事部屋や捜査現場に行ってしまう。

三十分待っても戻ってこないので「また、お邪魔します　向田」とメモ書きを残して瑠璃は帰ろうとした。

署を出ようとすると、裏側の別館から加藤が戻ってきた。

「加藤副署長、昇任おめでとうございます」

瑠璃は言おうと準備していた祝辞を口にした。

警察官は警部までは試験だが、それ以上の階級、職務は選考になる。まして副署長以上は上のウケがよくないとなれないから、俺みたいに上司に反発していた人間は出世できない——その言葉通り、部下の意見を汲《く》み上げ、上司に進言してきた加藤だが、ちゃんと評価してくれている人はいたということだ。そこまで言うつもりだったのに、加藤は「あっ、向田さん」と言ったきり、口を閉ざした。

「なにか、事件があったんですか」

「こういう時には一番、会ってはいけない記者と顔を合わせてしまったようだな」

瑠璃について、「向田さんはよく人が考えていることを当てるね、超能力者の子供なの？」は加藤がよく口にするジョークだが、今のは冗談には聞こえなかった。本心から瑠璃とは会いたくなかったというように聞こえた。

「向田さんは今も調査報道だっけ？」

「はい、そうですよ」

「刑事部は関係するの？」

「警視庁の刑事部ですか？　捜査一課なら取材したことはありますが、今は記者クラブに入っていないので取材しません」

ほんの短い期間だが、欠員が出たせいで捜査一課担当の一番下っ端を経験した。今は取材しないと言ったのに、加藤は「捜査一課なら、まぁいいか」と答えた。

「なにがいいんですか」

「向田さんに隠してもすぐに調べられそうだし」

「だからなにを調べるんですか」

「なにか協力を得られるかもしれないし」

会話が嚙《か》み合わない。ただ加藤が何かを調べて欲しがっているのは伝わってきた。

「私ができることなら何でもしますから、言ってくださいよ」

「調べても書いたらダメだよ。なにせうちの権限が奪われたも同然なんだから」

千葉県警本部から圧力がかかって、マスコミ発表するなということか。そういう時でもメディアに協力的なのが加藤だ。

権限を奪われたというからには、なにか事件が起きたのかと思ったが、そうではなかった。

「実はスピード違反で捕まえた男なんだけど」

「スピード違反？」

どんな内容かと構えて待っていただけに瑠璃は拍子抜けした。加藤はいたって真面目に説明を続ける。

「挙動不審だったから、薬物でも持っているのかと、車内や所持品を捜索したんだよ。そうしたら出てきたんだ」

「覚醒剤《かくせいざい》ですか。それとも大麻？」

先んじて口にしたのが良くなかったのか、加藤から返答はない。口にしていいものかどうか躊躇《ちゅうちょ》している。

「教えてください、勝手に書いたりしませんから」

書かなければ記者ではないので、勝手にと頭につけた。書く時はきちんと裏を取り、話してくれた人間に「書きます」と伝えて記事にするのが瑠璃のいる調査報道班の流儀である。そこで「書かないでくれ」と言われても、周知が大事と思えば書いてしまうのだが。

まだ加藤から言葉は出ない。

どう考えても薬物以外は考えられなかった。時価数億円の相当量が見つかったのか。それなら警察署の手柄として大々的に発表しそうだが。

「贋札《がんさつ》だったんだよ」

「えっ」

思いもよらない言葉に瑠璃の返事が途切れた。脳裏に漢字二文字は浮かんでいたが、加藤は意味が通じていないと思ったのか「偽札だよ」と言い直した。

「何枚持っていたんですか」

「一万円札を五枚。たまたま捜査員の一人が、透かしがないことに気づいたけど、その者がいなければ見過ごしていたかもしれない」

「それくらい精巧に作られてたってことですか」

「記番号は同じだったけど、紙質に違和感なし。オフセット印刷、凹版印刷、凸版印刷の組み合わせで、多色刷りと完璧《かんぺき》な出来栄えだった。ほとんどの警察官は気づかないんじゃないかな」

「通貨偽造は重大事件じゃないですか」

薬物保持など問題にならない。覚醒剤以上。偽札は使われないように注意喚起するため、テレビのニュースでも必ず報じられる。

「そうなんだけど、釈放しろって言うんだよ」

「千葉県警がですか」

「本部を通じてだけど、本部も困っててね。なにせ警視庁からの要請だから」

「警視庁が千葉県警に口出ししてきたということですか」

警察は縦割りだ。四十七都道府県の本部で、警視庁がもっとも警察官の数が多いのは事実だが、よその警察本部に釈放を命じるなんて聞いたことがない。

「釈放するってことは泳がせるって意味でしょ」

「そうだと思うけど、詳しくは俺には分からない」

「意味なくないですか。偽札で捕まったと被疑者は知っているわけですよね。釈放しても、尻尾《しっぽ》は摑《つか》めないんじゃないですか」

「マル被に偽札で連行したことは知らせていない。容疑は公務執行妨害だよ。車内や持ち物を調べた時にえらく抵抗したんだ」

所轄に連行してから、偽札だと分かったのだ。千葉東署は本人に問い詰めるより先に、千葉県警に問い合わせをしたのだろう。それほど偽札については出所を探ることが肝心だ。

「連行されて、財布も調べられたってことは、被疑者は偽札が知られたと、疑ってますよね」

「マル被がどう思ったかは分からないけど、俺は絶対に贋札については気づいていない振りをしろと指示を出したから、捜査員は最後まで公務執行妨害罪で通した。途中から千葉県警の捜査員に交代したけど、彼らも慎重を期した」

それで加藤は不在だったのだ。刑事一筋で、長く本部の捜査一課に在籍していた加藤は、捜査の機微を知り尽くしている。

「私もできる限り調べたいので、その人物の名前を教えていただけませんか。絶対に勝手に書いたりしませんし、警視庁にも、千葉県警から聞いたとは知られないように、極秘に調べますので」

実際にそんなことが自分にできるかどうかは分からない。警視庁担当ではないので警視庁内には出入りできない。こんな大きな事件、中央新聞の警視庁担当記者にもおいそれとは話せない。

「向田さんは頼りになるから教えるけど、くれぐれも取扱注意で扱ってくれな」

「もちろんです」

「これからいうのは俺の独り言だぞ」

よく刑事が使う手法だ。

加藤はそっぽを向いて釈放された男の氏名、年齢、職業を呟《つぶや》いた。

記憶力には自信がある瑠璃は、頭に一旦《いったん》焼き付け、なにげなく加藤が去ってからメモを取り出して、控えた。

3

信楽京介《しがらききようすけ》は息を切らしながら走り切ると、時計を確認した。

四十九分五十九秒。

やった。最後の百メートルを全力スパートしたおかげで、初めて十キロを五十分以内で走れた。

九月一日午前七時、気温は二十八度、早秋の朝の陽はいまだに猛暑を予感させるほど力強いが、比較的乾燥しているのか今朝は走りやすかった。

それでもシャツは汗だくだ。水分だけでなく、昨夜注入した余分なものまで吐き出せた気がする。もっとも脱水症状にならないよう、走る前に充分な水分補給をしたが。

信楽は春先からランニングを始めた。

健康診断で、血糖値が急に上がっていて、悪玉コレステロールの数も「要検査」ギリギリ、将来的には動脈硬化の可能性もあると医師から脅されたのだった。

問診表の《飲酒している》《毎日欠かさず》に、隠すことなくチェックを入れたため、当然ながら医師は日々の飲酒に原因があると診断した。

――先生、酒断ちができない場合、ほかに対処方法はないですか。

――量を減らすくらいはできるでしょう?

医師は他に方法がないとの言い方だったが、信楽は聞かなかった。

――前回、大腸にポリープができて以来、休肝日を作るなり、量を減らすなり、いろいろやってみましたが、無理なんです。仕事のストレスが積もる一方で、酒が唯一の気分転換でして。

――どれくらい飲んでいるんですか。

――とりあえずビール一杯、その後はレモンサワーで、去年までは余程腹の立つことがない限り三杯で我慢していましたが、今は普通に四杯です。

――毎日それだけの量を飲んでいるとなると、アルコール依存症になりますよ。

同僚の森内《もりうち》からも土日くらいは断酒してくださいと言われたが、飲まないとなれば、どうやって週末を過ごせばいいのか。一人暮らしの信楽にはノーアイデアだ。

平日に居酒屋には寄らず、真っ直ぐ家に帰ることも考えた。だがベッドに入ってバタンキューと眠れるほどハードに動き回っている仕事ではなく、四六時中考え事をしているため、つねに脳は回転し、寝つきも悪い。

寝不足のままカイシャにいけば、目も頭も冴《さ》えず、行方不明者届と警察の直近逮捕者の捜査記録を結びつける端緒が発見できない。酒断ちしていいことなどなに一つないのが、信楽の仕事である。

――先生、仮にですよ。私の仕事が警察官ではなく、酒造家だったら、毎日利き酒しなくては仕事になりません。酒断ちなんてできないわけですし、先生の持論通りなら、酒造家は全員、アルコール依存症になりませんか。

屁理屈《へりくつ》なのが分かっていてそう言った。

――あなたは杜氏《とじ》ではないじゃないですか。

――私が杜氏だったらどうアドバイスするのか、先生に聞きたいのです。

――そうだとしたら、運動してくださいとしか言えないでしょうね。

させているわけですから。

——では私も運動します。

——ちょっと歩くくらいじゃダメですよ。信楽さんの場合、腹囲も基準値以下ですし、カロリー消化されているのでしょう。普段の運動量では賄いきれない生活習慣病を発症させているわけですから。

——もちろん、きつい運動をします。

夜間にジムに行くことも考えたが、夜はやっぱり酒が飲みたいと、早朝にランニングをすることにした。

マラソンの経験もなく、まともに運動したのは二十年以上前、結婚したばかりの妻と日曜朝にジョギングをして以来だ。

だが学生の頃から持久走は自信があり、警察学校でも必ず上位に入った。体を慣らすため最初の一週間は、歩いているのか走っているのか分からないほどのペースで一キロ走った。だが二週間目にはそれなりの速さで走れるようになった。

カイシャでそのことを話すと、森内から「今はランニング専門のアプリがあって、一キロごとにタイムを教えてくれます。『頑張れ～』って応援してくれるので、励みになりますよ」と言われた。

応援は要らないが、タイムを教えてくれるのはやりがいになると思い、森内に手伝ってもらってアプリをダウンロードし、設定した。

それが良かったのか、ペースが速くなった。

最初は五分十秒から十五秒だった一キロのペースが、端数が気持ち悪くて、なんとか五分ジャストで走るよう努めた。

そうなると後半はバタバタになって、結局、トータルで五分十五秒ペースより遅くなる。

悔しいと思って毎日続けていくと、息が持つようになり、この日、初めて一キロ五分のペースで、十キロを走り切ったのだった。一キロ五分で、十キロ五十分、数字のキリが良くて気持ちがいい。

ふと考えてスマホの計算機を叩《たた》く。フルマラソンに換算すると、三時間三十分五十九秒になるようだ。

だが最後は百メートル走並にダッシュしたせいで息はぜいぜいと切れている。これ以上、一キロだって走れない。

信楽にはフルマラソンに挑戦するつもりはないし、毎日しんどくても頑張っているのは、夜に気兼ねなく酒を飲むためである。

先週、病院に行くと、悪かった数値はすべて下がっていた。

――先生のおかげで毎晩のお酒が美味《おい》しくなりました。

皮肉を込めてそう言ったが、医師は十キロを五十分のペースには目を丸くして、「お若い気持ちなんでしょうけど、心臓の負担もあるからほどほどに」と並の運動ではダメだと言ったくせに今度は注意してきた。

そして帰り際には、そうだ、と言って付け加えてきた。

──信楽さんが言うから杜氏や海外のワイナリーで働く人が全員酒飲みなのか調べてみました。飲まない人もたくさんいて、口に含むだけで味だけ確認して、吐き捨てるそうですよ。

まさかそんなことを調べられるとは思いもよらず、「酒を造っている人が全員アルコール依存症だなんて、大変失礼なことを言いました」と謝罪したのだった。

朝から運動したせいで、朝食もうまくなった。

以前はトーストのみ。パンを齧《かじ》りながら、酒を抜くため朝から炭酸水をがぶ飲みしていたが、その必要もなくなり、管理官の泉《いずみ》から勧められた無糖のヨーグルトドリンクを飲んでいる。

信楽はコーヒーを飲まないし、タバコも吸ったことがない。酒も交番勤務を終えて、機捜隊に勤務するまでは一滴も口にしたことはなかった。そのせいか、警察学校にいた頃は「信楽はおかしな宗教に入っている」と噂された。

食事を終えて出社の準備に入る。シャワー後に仕事着である黒シャツに着替えたので、携帯や財布をポケットに詰め込むだけだ。

駅までの通勤路を歩いていると、コンビニの前に小柄な女性が立っていて、信楽と目が合うとぺこりと頭を下げた。

「切れ者の切れ者、久しぶりじゃないですか」

信楽から声をかけた。

まともに信楽が会話をする数少ない新聞記者の一人、中央新聞の向田瑠璃《むかいだるり》である。

記者は情報をもらいに来るのが仕事じゃない。自分たちの足で取材して、刑事に確認という名の突合せをする。それが時として刑事にも捜査のヒントとなる。そういった気概で情報を持ってくる記者が、昔は各社に一人くらいはいた。

ところが今は事件の動向を一方的に聞きに来る記者ばかり。しかも刑事に怒られるのが怖いからなのか、徒党を組んでやって来る。

教えてもらう時だけ下手に出て、捜査ミスでもしようものなら、全員で非難囂々《ごうごう》だ。そうした卑怯《ひきよう》な人間が信楽は大嫌いだ。

ところが中央新聞だけは、向田の先輩記者で、信楽が「切れ者」と呼ぶ女性記者がそう指導しているのか、必ずなにか新しいネタを持ってくる。

切れ者ほど経験はないけど、頭は相当切れるため、向田を「切れ者の切れ者」と呼んでいる。

「なにか面白い情報でもあるのかな」

真横に付いた向田に尋ねる。

「残念ながら。今日は警察の仕組みについて教えてもらいたくて来たんです。ご一緒してもよろしいですか」

「警察の仕組みなんて、あなたならインターネットですぐ調べられるでしょう」

しい。

「実際に聞くこと以上の知識は、ネットには載っていませんので」

信楽が彼女を気に入っているのはこういうところだ。

向田は子供の頃、ルービックキューブの大会で日本一になったほど頭脳明晰《めいせき》だったら

しい。

理解力の速さ、とくに記憶力が突出して優れていることは、毎回取材を受けるたびに驚かされる。だが自分が知っていることより、知らないことの方が圧倒的に多いと自覚し、仮に知っていることであっても、「それ、知っています」と知識をひけらかしたりはしない。

知ったかぶりをする記者はおそらく知らないことが恥ずかしいと思って、口を出してしまうのだろう。そうした記者には信楽はそれ以上語らないため、彼らが新しい情報を得ることはない。

「なんですか、切れ者の切れ者が知りたいこととは？」

「こんなことって、各捜査本部が独立している警察であるのかなって思って」

「都道府県本部は独立していますが、協力はしていますよ」

向田がその先の説明を始めた。

彼女が新人時代に世話になった千葉支局に挨拶《あいさつ》に行ったこと。そこには向田が尊敬するまさにマダムといった言葉がぴったり当て嵌《はま》る素敵な支局長がいて、その人と食事したこと。そのあとにもう一人、彼女が挫《くじ》けていた時に励ましてくれた警察官に会いに行

ったこと。その二人との出会いが、彼女にとっての人生のターニングポイントとなり、それがなければ記者をやめていたこと……。

最初はたわいのない話だったが、途中からのっぴきならない内容に変わった。

スピード違反をしていた車両をパトロールしていた警察官が止めた。男の行動が怪しかったため、薬物所持の疑いで車内を調べようとした。すると男が激しく抵抗、そのため警察官は公務執行妨害容疑で警察署に連行した。

そこから先が一番の衝撃だった。

「被疑所の所持品から薬物は出なかったんです。その代わり、偽札が出てきました」

「偽札とは穏やかではないですね。通貨偽造罪は重罪ですよ」

贋札《がんさつ》事件は国の経済を乱すから、内乱罪と同等の重たい事件、それくらい心してかかるように警察学校で指導を受けた。

「不思議なのはここからなんです、なぜか千葉県警の所轄の事案なのに、警視庁から連絡があって、犯人を釈放するよう要求されました」

なるほど彼女が聞きたかったのはこのことか。通貨偽造事案では詐欺や汚職など知能犯事案を担当する捜査二課が受け持つ。

警視庁が他県が取った身柄に横やりを入れてくることは珍しいが、今の捜査二課ならやりかねない。

課長は吉光勝《よしみつまさる》という特段プライドの高いキャリア官僚である。キャリアの命令となると千葉県警も従わざるをえない。

「警視庁が介入するのは、あまり言いたくはないですが、ゼロではないです。なんだかんだいって、すべての都道府県本部が平等なのではなく、警視庁がイニシアティブを取るケースが多いですから」

中には神奈川県警など警視庁に対抗心を燃やし、不仲と言われる警察本部もあるが、どこも所詮《しょせん》は人員不足である。

警視庁は全行政職員が四万三千人。小さな県と比較すれば十倍から四十倍の職員がいる。どこも警視庁の手を借りたいし、たくさんの事件を扱った経験から知恵を授かりたいと思っている。

ただ向田の話を聞いた限り、今回の千葉県警は、警視庁の指示に納得しているようではなかった。

「捜査一課の俺が無責任なことは言えないけど、贋札事案は、充分な大事件だから、千葉県警も自分たちで起訴まで持ち込みたかったんじゃないかな」

「それを釈放しろということは、警視庁の二課は主犯格まで辿《たど》り着きたいんでしょうね。偽札なんて原版があれば、いくらでも刷れてしまうわけですし」

「ただし泳がせても、一度捕まえたのなら、被疑者に警戒され、捜査は難しいだろうけど」

「私も警戒される点は質問しました。千葉県警は公務執行妨害容疑で調べただけで、偽札を所有していたことまでは、気付いてない振りで通したそうです」

「機転が利くと言いたいところですけど、連行されたとなると、被疑者はそう受け取らないでしょう」

検査を強く拒絶すると、捜査員は、これはなにか隠したい事情があるとムキになる。そういう時は挑発して相手に手を出させ、公務執行妨害に持っていこうと作戦を立てる。運転中だと通常、危険ドラッグ、大きな事案としては覚醒剤《かくせいざい》の使用・所持を怪しむが、贋札を持っていたと知り、所轄も大騒ぎになった。ほとんどの警察官が触ったことがないのが、贋札事件である。

千葉県警も驚き、これは大事件になると気合が入った。まず近県の警察本部に似た事案が発覚していないか、連絡を入れた。

すると警視庁の捜査二課が、男を釈放するように命じてきた。

当然納得いかない。

問題は釈放した後だ。

向田の話から想像するに、釈放後、千葉県警は関知していない。

そうなると警視庁の捜査二課が男を尾行しているのか。

いや、待てよ。最初から警視庁捜査二課の監視下にあったのではないか。それがスピードを出し過ぎたために、千葉県警の交通課に検挙された。しかも暴れて警察署に連行されたわけだから、警視庁捜査二課は相当に慌てたはずだ。

これは信楽の想像であって、警視庁捜査二課がどのような捜査をし、今現在、どこまで贋札について突き止めているのかは分からない。同じ刑事部でも一課と二課は完全に別の部署だ。

「あなたが久々に顔を出したから、また事件の端緒が出てきたのかと思いましたよ」

端緒のほとんどは信楽と森内が、行方不明者届と最近の逮捕者の捜査記録を見比べて、共通点などを発見する。

時として、所轄や他県の捜査本部からの情報がきっかけになることもあるが、そういうケースではなにかしらの証拠が出ているため、二係担当ではなく、殺人係がいきなり捜査に乗り出すケースがほとんどだ。

端緒摑《づか》みに記者の力を借りたことはなかったが、向田の同僚の記者、信楽が「カッコつけ記者」と命名した男性記者が持って来た情報から、「遺体なき殺人事件」を解決した。軽薄に見え、向田の半分も力を出していないように見えたその記者だが、いざエンジンがかかったら警察より早く動いて、事件解明に一役を買った。

それ以来、信頼できる記者なら、端緒になるかもしれないと、注意深く話を聞くようにしている。子供の頃から落ち着きがあると言われてきた信楽は、人の話を聞くことを苦にしない。

「端緒って、信楽さんはどんなことを思ったのですか」

向田から聞き質《ただ》され、信楽は困惑した。端緒が出てきたのかと思ったとは言ったが、会話の流れで、なにげなく口にしただけだ。

「例えば、そのスピード違反の男が、俺が担当する二係事件を起こしていたとか」

「そんな重大な情報でしたら、最初から警察の仕組みを教えてくださいなんて、遠回しな言い方はしないですよ」

「切れ者の切れ者は時間も無駄遣いしないいんでしたね」

「全然ですよ。休日はだらだら過ごしてますし。でも忙しい信楽さんの邪魔はしたくないので」

「もし二係事件が関係しているケースだとしたら、千葉県警の捜査に口出しするのは捜査二課長ではなく、捜査一課長だろうし」

警視庁の課長クラスのいくつかは警察官僚というキャリアが務めている。刑事部では総じて捜査二課に多い。

一方、捜査一課長をキャリアが任されることはない。叩《たた》き上げの一課長は、全刑事のエースであり、憧《あこが》れの存在である。そうした考えもあるが、未解決事件が悪目立ちし、メディアからの批判を浴びる役目を、警察庁も大事に育ててきた官僚にさせたくないのだ。

とはいえ今の一課長は上の顔色ばかり気にしていると部下から揶揄《やゆ》されていて、胸を張って自分たちの大将だと言えるほどの存在感はない。

先月の定例一課長会見で、記者からここ数年、信楽が担当している行方不明者の殺人事件、いわゆる「遺体なき殺人事件」の件数が増えたことを質問された。一課長はこう答えたらしい。

――今後は遺体なき殺人事件に対し、ユニットを形成し、捜査体制を拡充させていくつもりです。

その発言をネットニュースで読んだ信楽は、人員を増やしてくれるのかと期待した。何のことはない。事件が起きたら即座に補充するという意味だった。その事件を見つけることが、もっとも骨が折れるというのに。

それでも今の捜査一課がうまく機能しているのは、課こそ違えど、長らく一課で信楽をフォローしてくれていた江柄子《えがらし》鑑識課長、信楽の下で若い時分に二係捜査をやり、今は庶務担の管理官まで出世した泉ら、信楽の捜査を理解してくれている人物が幹部を固めてくれているからだ。

他の管理官も概《おおむ》ね、信楽には協力的である。ただし、結果が出なければ、元の木阿弥《もくあみ》で、捜査一課内をたらいまわしにされることになるのだが。

「私の顔を見て、なにか遺体なき殺人事件に関係しているのでは、と考えるところが、仕事熱心な信楽さんらしいですね」

とくに考えたわけではなく、つい漏らしただけである。照れ臭くなり、余計なことを口走る。

「切れ者の切れ者のことだから、その被疑者の名前や住所は聞いてきたんでしょ。とりあえず調べてみようか」

前科を調べるくらいなら、手間がかかることではない。

「えっ、いいんですか」

「いいんですかって、最初からそこまで計算してやってきたんでしょ」

「バレてましたか。ではよろしくお願いします」

彼女にしては珍しくお茶目に肩をすくめる。

「今日の話を聞く限り、極秘捜査に入っているだろうから、二課に聞くことはできない。俺がやれるのはデータベースをチェックするくらいですよ」

「それだけでも充分です」

向田は喜んだが、データベースは千葉県警も見ている彼女と警察官の関係なら、重大事件での前科があれば、聞いているはず。それでも向田には過去に世話になったから、念のための確認くらい容易《たやす》い御用だ。

信楽は手帳を出してどうぞと言った。大方の記者は、ノートや手帳を出すが、記憶力のいい向田は素で話す。

「松田《まつだ》類《るい》、松竹梅の松に田んぼ、るいは種類の『類』。年齢は三十一歳、住所は東京都杉並《すぎなみ》区……」

言われるままにメモを取る。

「職業は会社員、興廣《おきひろ》貴金属の店長です」

「貴金属というからには、宝石ってことですか」

「私もそう思ったのですけど、ネットで調べたら、興廣貴金属は三つの店舗を経営していて、西麻布《にしあざぶ》が本社兼本店になっています。扱っているのはすべて腕時計、それも一本、何十万、何百万もする高級腕時計です」

ほんの小さな引っかかりだった。

だが過去に見た行方不明者届と脳裏で一致した。

ただしこれくらいの端緒が無駄に終わることはいくらでもあると、信楽は「調べておくからまた来てください」と表情を変えることなく向田と別れた。

捜査一課のあるフロアの六階でエレベーターを降りると、信楽は刑事部屋に入り、足早に自分の机に向かった。

何人かに挨拶《あいさつ》されたが、応えるほど余裕はなかった。

「おはようございます、部屋長」

コンビを組む森内洸《ひかる》巡査部長は出勤していた。

「おはよう」

ひと言だけ返して、席に座り、パソコンでデータベースを開いた。

そこには行方不明者が提出日順で出てくる。

ただリアルタイムで見られるほど即時性はなく、信楽たちが目を通すのは、五日から十日前のものである。

「どうしたんですか、部屋長、来た早々」

勤勉を自負する信楽でも、会社に来て即座にはパソコンを開かない。普段は少しの間、雑談したり、炭酸水を飲んだりして、仕事モードへとアイドリングしていく。

「森内、名前までは憶《おぼ》えていないんだけど、この一カ月くらいで時計関係の仕事をしていた男性の行方不明者届、見た覚えはないか」

捜査一課にやってきて、今や欠かすことのできない一人前の二係刑事に成長した森内だが、過去にはちょっとした早合点をした。

信楽から見れば、一人前の捜査員になるためには必ず通る失敗でしかなかったが、仕事に一途《いちず》な森内は凹《へこ》むほど反省し、もう一度一から学ばせてくださいと信楽に申し出てきた。

それからというもの、それぞれが見ていた資料をダブルチェックするように仕組みを変えた。

二係捜査はなにが端緒になるか分からないのだから、気付きの起点は複数持っていた方がいい。

二人でじっくり見ていたら行方不明者届は溜《た》まる一方なので、二人目はさっと目を通すだけなのだが。

「その人物なら見ました、この人じゃないですか」

パソコンではなく、机の引き出しからファイルに挟んだプリントアウトした用紙を出した。

「これだ」

受け取るとともに声をあげた。《網章一《あみしょういち》、六十四歳、仕事は時計ディーラー》。七月二十七日、「三日間、自宅に帰ってこない」と妻より石神井《しゃくじい》署に行方不明者届が出されている。

「森内はよくプリントアウトしたな。俺はあまり気にならずに、次に移ってしまったよ」

パソコンより、プリントアウトした方が読みやすい。そのため信楽は気になる届け出は印刷してじっくり見る。森内も原点に返ると言い出してから、信楽の真似をし始めた。

「自分も気になったほどではないんです。なんとなく、印刷しただけで、詳しく読み返したわけではありません」

そう言うが、用紙にはボールペンでアンダーラインが引いてあったり、マル囲みされたりしている。これも信楽がいつもやっている。

「この男性の端緒が見つかったのですか」

「端緒というほどではないんだけど、実は今朝な……」

信楽は向田記者から聞いた内容を説明した。話をしながらもう一度、行方不明者届を確認していく。

提出したのは妻の舞香《まいか》、住所は東京都練馬《ねりま》区関町東《せきまちひがし》一丁目……。ちなみに網章一は

「時計宝飾小売連合」に所属しているが、個人で仕事をしていて、従業員もいなければ、会社組織にもしていない。

向田の話を聞いた信楽がなぜ網のことを思い出したかといえば、松田類という男が時計店に勤めていたから、たったそれだけのことである。

ただこうして行方不明者届をじっくり読むと、怪しい文言はいくつもある。

第一に、網は行方をくらます前、「大きな取引がある」と妻に言っている。

ただし、妻が最寄りの石神井署を訪れたのは最後に会ってから三日後になる。その理由を妻は、「お金が入って、海外に出掛けたのかと思った」と話し、担当した警察官も備考欄に「蒸発の可能性あり」と記述していた。

さすがに三日間、メール一つこないため、夫の携帯電話に連絡したが、電話はつながらない。そのため最寄りの警察署に相談に来た。

熟年夫婦が、家族の形に縛られず、自由に過ごすことは現在社会では増えつつある。

妻の年齢を見た。三十六歳と書かれている。六十四歳と三十六歳？　書き間違えか？　正しいのであれば再婚だろう。浮かんだのは再婚しても懲りずに他の若い女と浮気する女癖の悪い男だった。

ただ、妻は「海外」と言っている。金が入ったからといって、なにも言わずに海外に出掛けることなどありうるのか。着替えはどうしたのか。スーツケースは？　パスポートは？　疑問は尽きない。

もう一点、信楽がとくに気になった点があった。森内もアンダーラインを引いていた箇所であるが、《今度は大丈夫だから心配しないでくれ、と夫は妻に話していた》と記入してあった。

「この『今度は大丈夫』って、どういう意味だろう」

「今度はってことは、以前に失敗したことがあるってことですよね」

「問題はなにに失敗したかってことだよな。森内はそう言われてなにを想像する」

自分の中で答えが出ていても、それを言わずに尋ねるのが信楽のやり方だ。意地悪でそうしているわけではない。自分の勘が合っているのか、確かめたい気持ちが強い。

「時計商という仕事柄、想像するとしたら、金をもらい損ねたってことですかね」

「小切手が不渡りだったことも考えられるけど、個人でやっていたとしたら、現金商売だよな」

「もしかして部屋長はその現金に引っかかったんですね。贋札《がんさつ》だと」

「そうだよ。贋札を掴《つか》まされた可能性があるのかなと考えたんだ」

松田類と時計、松田類と贋札、いずれも網章一との関連性はなくはない。

「そうなると、松田類って男は、我々の捜査対象にもなりますね」

「ただし放流してしまったのだから、直近の逮捕者ではないけどな」

逮捕したのなら釈放してもまた呼び出すことはできる。逮捕もせずに釈放したのなら、ただのスピード違反で切符を切られたに過ぎず、今から勾留《こうりゅう》はできない。

「大きな取引があるというのも気になりますけどね」

「時計といっても何百万もする高級品もあるみたいだから、それこそ何本も売れば相当な額になるんだろうけど」

「だから担当した警察官も、蒸発って書きこんだんでしょうね」

「俺は蒸発に目が行って、森内ほど着目しなかったんだ」

「僕も同じように考えましたよ。女がいるのかなと」

ただし同じ感想でもそのままスルーするのと、念のためにプリントアウトという行動にまで移しておくのとでは、戻った時のスタートラインが違う。二係捜査に三十年近く従事している信楽だが、今回は森内と、向田記者に助けられたかもしれない。

「海外に行くと書いてあるのは、森内はどう思った」

「読んだ時はなんとも思わなかったですけど、今訊《き》かれたら、東南アジアですかね。最近は熟年男性がタイやフィリピンに移住して、現地の若い女性と暮らすと聞きますし。部屋長はどう思いました」

「海外で女性と考えたら、森内と発想は同じだよ。でも妻は『海外に出掛けたのかと思った』と答えているけど、他で女ができたといった趣旨は書いてないんだよな」

「恥ずかしくて言えなかったんじゃないですか」

その可能性はおおいにあった。そうしたことを妻は相談で匂わせたから、対応した警察官は、妻が帰った後に、蒸発の可能性と書き込んだのかもしれない。

「いずれにせよ、妻に会う必要はありそうですね」

「そうだな。連絡を取ってみよう。同時に時計関係者も当たる必要があるな」

「高級時計となると、ロレックスとか高級ブランド品ですから、普通は日本に代理店があったり、商社が扱ったりしていますよね。個人で取引できるんですか」

「並行輸入という手もあるから、一概にそうとは言い切れないぞ」

そう言いながらも、なにも網が扱っていた時計が、高級ブランドの高額品とはどこにも書いていないことを思い出した。

信楽と森内がそう連想するのは、松田類が勤務する会社が、高級時計を販売しているからだ。

信楽はスマホで「興廣貴金属」を検索した。向田の言った通り、それは社名で、別名義で三店舗、販売店がある。「60《シックスティー》セコンズ」という店名だった。店のサイトからして豪華で、いかにも高そうな時計の写真で飾られている。

「並行輸入があるなら、そうした個人売買をやっている業者を探して、網章一という業者を知らないか訊いてみます。どれだけ数がいるのか想像もつきませんが、車や家の業者と比較すれば、狭い世界な気がしますし」

「俺も当たれる人間を探してみるよ」

個人の仲介業者はネットに連絡先を載せていないだろうから、時計店に問い合わせるしかない。興廣貴金属のような高級店は並行輸入を扱っていないだろうから、案外、手がかかるかもしれない。

「贋札の方からも調べたいですね。二課に頼んで、松田という男の情報をもらえませんかね」

「絶対にくれないよ。千葉県警が捕まえたのを、釈放するよう要求したくらいだから」

「それって容疑が贋札だからでしょ。殺人の疑いも出てきたんですよ」

「向こうは殺人より贋札の方が大事だと思ってる」

通貨偽造は内乱罪も同等。そうでなくとも警察という組織は、自分たちで捕まえた被疑者を他に渡すのを嫌がる。千葉県警も慚愧《ざんき》に堪えない思いで釈放したはずだ。

「泉管理官が頼んでも無理ですかね」

「きついな。吉光捜査二課長は、目下の人間には、挨拶《あいさつ》してもまともに挨拶を返さないらしいから」

「嫌な人ですね」

「キャリアにとっては、叩《たた》き上げの刑事なんて、自分の出世の駒くらいにしか考えてないよ」

そう言い切ったものの、信楽も周りから挨拶しないと言われているので非難はできない。

信楽はなにも偉ぶって挨拶しないのではない。つねに考え事をしているので、挨拶されたことに気づかないことが多いのだ。ただし相手が記者の場合、挨拶すると話しかけていいと勘違いするので、あえて無視をする。

「松田って男を調べるのは厳しいですかね」

「きっと行動確認《こうかく》している。そんなところに俺たちがのこのこ現れたら、すぐに一課長のもとに文句が来るぞ」

「じゃあ、二課が逮捕するまで目を瞑《つぶ》って待つしかないってことですか。今のところ、突破口は松田しかないのに」

「こういうことがあるから、二係捜査はもどかしいんだよ」

二係捜査には証拠や目撃者といった犯行の根拠に当たるものがはじめはほとんどない。だから容疑者も逃げ切れると考え、否認するか黙秘する。

「俺が吉光課長のもとに行き、直に頼んでみるかな」

「泉管理官が行っても無理なのに、部屋長が行って応じてくれますか」

「余計に無理だろうな」

「意味ないじゃないですか」

森内は前につんのめる振りをした。

真正面から行っても無駄だ。それでもなにか取っ掛かりはある。

頭を捻《ひね》って考えると、一人の熱いキャリア刑事が頭に浮かんだ。

4

火曜日、栗原穂積は港区《みなと》西麻布のビルに来ていた。

ここが興国商事で同期だった廣澤俊矢が経営する「興廣貴金属」の本社オフィスである。

それほど広くないオフィスは今は無人だ。社員は一階の店舗で接客しているのか、それとも営業に出ているのか。

渋谷でたった五坪ほどの広さでアンティーク腕時計店を始めた廣澤の事業は、ここ一年半で一気に拡大した。

去年の春には西麻布の、外苑西通り《がいえんにしどお》に面したビルの一、二階を借り、二階をオフィスに、一階を高級時計を専門に扱う麻布本店とした。広々したスペースには、ガラスケースがコの字形に並べられ、ショーケースには高級腕時計が贅沢《ぜいたく》な幅を取って陳列されている。

廣澤の事業欲は都心だけに留《とど》まらず、六月には大阪の新しくできた商業施設内に、麻布本店と同じ高級時計を扱う三店目をオープンさせた。

起業した頃は金のやりくりに苦労していたようだが、アンティークから高級路線に舵《かじ》を切ってから売り上げが伸びたようだ。

廣澤は「投資として高級時計が扱われるようになった波にうまく乗れた」と話すが、普段からソツのない男だ。他の時計店にはないレア品などを集め、ネットや雑誌を駆使して、一躍60セコンズの名前を広げたのだ。家賃の高い西麻布に本店兼オフィスを置いたのも、高級店であると客に認知されるため。ブランディングが成功したことに加え、ここ数年の円安で、外国人観光客までがたくさん店を訪れている。

一方の穂積も一年前に起業した「HKコンサルティング」という会社で、まずまずのスタートを切った。

会社名は自分のイニシャルからつけた。

まだ社員は自分一人。クライアントはほとんど町の金属加工工場である。輸入元を変更したり、販路を拡大したりの相談が中心だったが、八十歳の工場主から跡取りがいなくて困っていると聞かされた。そこで「会社に勢いのあるうちに工場を売ってみたらいかがですか」と身売りを提案したのだ。いわゆるM&Aである。

その工場主は「いい条件なら」と穂積の誘いに乗った。買い手はすぐに見つかり、その会社を経営する若手社長は、工場に将来的価値を見出《みいだ》し、二億円での買収で基本合意してくれた。M&Aでの仲介料は、各企業によって異なり、穂積の成功報酬は買収額の六パーセントと低く設定している。それでも千二百万円もの大金が入ることになる。これで起業した際の銀行からの借入金も一気に返済できる。

今後はコンサルティング同様に、M&Aにも力を入れよう。いい商品を作っているが、後継者不足で工場の継続に不安を抱いている町工場は、この物作り大国の日本にはいくらでもあるのだから。

今のシェアオフィスから、廣澤のような立派なビルの一室に移ることができるし、従業員だって雇える。自分は細々とした経営をやるために、興国商事をやめたわけではない。従業員を何百人も雇い、都心の高層ビルにオフィスを持ち、いずれは株式市場に上場して、がっぽり金を稼ぐ、そんな夢を抱いてリスクを恐れずに起業したのだ。自分のことを野心がないと自己分析していた穂積だが、実際にスタートアップさせて、考え方は百八十度変わった。

とはいえ、順調なスタートが切れたのは、穂積が倹約家のおかげもある。身なりに無《む》頓着《とんちゃく》でブランド品は皆無、食事も牛丼やカレーで済ませることがほとんどだし、マンションも節約のため、都心から離れたところに移った。

唯一、金を使ったのが車である。廣澤が乗っていたベレットのような車が欲しいと、探して回った。希望はフェアレディZだったが、高騰しすぎて手が出ず、一九七〇年式のセリカ一六〇〇GTを買った。フェアレディほど個性はないが、ベレットのように古き良き時代を感じさせてくれる車である。

思いのほか起業はうまくいったが、廣澤の顔を見るたびに疑念を抱くのは、設立祝いにもらった百万円である。

あの金は原版を預けた代償ではないか。そうなると廣澤は原版を使って偽札を印刷したことになる。一度、居酒屋で「あの原版、まだ廣澤のところにあるよな」と尋ねたが、「こんな場所で訊《き》くなよ」と撥《は》ね付けられた。保存しているだけなら「ある」と言えばいいだけの話だ。訊くなと言ったということは、廣澤は印刷して使用しているのだ。

ただいくら親友といっても、「悪い、勝手に印刷して、使わせてもらった」と言われた時、どう反応していいのか怖さが先立ち、それ以上訊くことはできなかった。

「ごめん、お得意様が来たから挨拶に出たんだけど、思いがけず話し込んでしまって」

廣澤が一階の店舗から戻ってきた。

「時間がかかったから、お買い上げだったんだろう。いくらの時計が売れたんだよ」

温《ぬる》くなったコーヒーに口をつける。一階の売り場で働く女優のような小顔の女性店員が運んでくれた。廣澤の店では、買わなくても時計に興味がありそうな客にはコーヒーや冷たいものだけでなく、ワインまで出してもてなす。

「そんな簡単に買ってくれねえよ。あの人が買うのは最低三百万だから」

「最低って、平均いくらくらいなんだよ」

「五百万は超えるな。一番高くて千八百万だ」

「その人、高級時計を何個持ってるんだよ」

「うちだけで五本は買ってくれてるから、その三倍はコレクションしてんじゃないか」

最初に聞いた頃は、いちいち大袈裟《おおげさ》に驚いたが、聞き飽きた今は軽く聞き流せる。

高級時計の人気は相変わらず続いているようだ。時計は車以上にリセールバリューが高く、メーカーは次々と限定品を発売して価値を上げていくため、数年持っているだけで、買った値段より高く売れる時計もある。

廣澤は積極的に買い取りもしている。買い取った時計はしばらく寝かせて、市場が品薄状態になったタイミングで売りに出す。そうすると買い取りした時計でも結構な利益が出るらしい。

時間を見るだけならスマホで充分なのに、なぜ人は腕時計に魅せられるのか。

そのことを廣澤からは、男がビジネスで唯一許されるアクセサリーである時計は、ステータスの象徴だとも言われた。

確かに女性はいくらでも着飾ることができるが、男の自慢は車と時計くらい。ただしそこが穂積の納得できない点でもある。

車ならベンツでもフェラーリでもランボルギーニでもひと目でわかるが、時計は腕を覗《のぞ》いてよく見ないと分からない。穂積の知識にあったのはロレックスくらいで、ここで売られている時計のほとんどは、廣澤から聞いて初めて知ったブランドである。

「どうしたんだよ、栗原が急に俺に会いに来るなんて」

ペットボトルの水を二本持って、廣澤は窓際の対面式ソファーに腰を下ろした。

その時、穂積は窓の外を眺めていた。ちょうど自分と同じくらいのカップルが、腕を組んで一階の店に入ってくるところだった。

「昨日、能登に行ってきたよ」

「マジかよ」

冷静な廣澤の声が大きくなった。

「今回は金沢まで新幹線で行き、そこからレンタカーを使った。まだ地震の爪痕《つめあと》が残っていて、道路はひび割れしてたから、彼女の家も崩壊したんじゃないかと心配したけど、ちゃんと残っていた。でも会えなかったけど」

「家が崩壊してなかったってことは無事だったんだよ。だから言ったろ。大丈夫だって」

今年の元日、能登半島でマグニチュード七・六の大地震が起きた。震央は能登半島の先端に位置する珠洲《すず》市内で、内陸部で発生する地震としては日本最大レベルと言われた。

その珠洲市こそ、おくかわさとみが住んでいた家があった地域である。

地震発生時から心配が尽きなかった穂積だが、廣澤は「森の中に家があるのなら、気の根っこなどに守られて大丈夫だよ」と訳の分からない根拠で楽観していた。そう言っておきながら、廣澤ものちに心配していたことが分かるのだが。

「彼女とは会えなかったけど、留守だったわけではない。去年の四月、俺と会った月に引っ越したらしい」

「どうしてそこまで分かったんだよ」

「ベランダ側の窓から確認したけど家になにもなかったんだ。それで五十メートルくらい進んで、森を抜けたところの家で尋ねたら、転居したと言われた」

それ以上に驚いたことがあった。住人からこう言われたのだ。

──あっ、引っ越す前に泥棒に入られたみたいよ。警察がうちにも来て、お宅は大丈夫でしたかと訊かれたから。

もしや自分が泥棒扱いされたのかと思ったが違った。穂積が会ったのは四月初旬だが、警察が盗難の確認に来たのは四月の中旬だったそうだ。

「なるほど、あの女、空き巣に入られて原版を盗まれたことにしたんだな。なかなか頭が切れる女じゃないか」

「その通りだよ。廣澤には言わなかったけど、彼女、俺には『誰かに持ち出されたことにしないと、私は永久に追われることになる』と言ってたから。怖い人間が取りに来た時、泥棒にあった、警察に届けを出したと言ったんじゃないか」

そう言われたら原版を作らせた連中は、余計な行動が取れなくなる。下手に捜して警察と鉢合わせしたら、藪蛇《やぶへび》になるからだ。あの時は意味が分からなかったが、さとみがどうして「誰かに持ち出されたことにしないと」と言ったかまで、すとんと腹に落ちた。

「なんで行ったんだよ、あれほど行くなと言ったのに」

地震直後、家屋が倒壊して二百人以上の死者・行方不明者が出ていると、ニュースで聞いた時、穂積はさとみの安否が心配ですぐに出かけようとした。廣澤から「道路が寸断され、地元の消防隊でも行けない地域があるんだ。行けば救助隊の邪魔になる」と諭された。消防の邪魔と言ったが、引き止めた理由は違う。警察官も多数出動していた。その中には原版を捜す刑事もいたかもしれない。そんなところに穂積が姿を現せば、自分まで一網打尽にされることを廣澤は危惧《きぐ》していたのだ。

「廣澤に叱られるのは分かっていたんだけど」

だから相談せずに内緒で出掛けた。

「よく俺に原版を返してくれって言わなかったな。あの原版が栗原とあの女を繋《つな》げる唯一のものだとか言ってたじゃないか」

「さすがに無防備に持ち歩くのはまずいと思ったんだよ」

それも一理ある。だが言い出せなかった一番の要因は、処分すると約束しておきながら、廣澤に渡してしまったからだ。

さとみは穂積に原版を渡し、空き巣に入られた工作までした。せっかく犯罪集団から逃れて、作品作りに励んでいるのに、廣澤が偽札を使っていることがバレれば、原版を預かった穂積のもとにも警察がやってくるし、原版を作ったさとみは間違いなく逮捕される。ただし廣澤とはあの原版を預けた時に「万が一、どちらかがこの原版を持っていることがバレても、絶対にお互いを売らないようにしよう」と約束した。もちろん穂積のもとに警察が来ても、さとみの名前だけは出すつもりはない。

「でもどうして今頃になって行ったんだよ。急にあの女が恋しくなったと言うんじゃないだろうな」

「それは……廣澤のせいでもあるんだぞ」

「どうして、俺が関係すんだよ」

「廣澤が、彼女の家がどこにあるのか、地図を広げて訊いてきたじゃないか」

「ああ、あのことか」

　自信家の廣澤が、バツの悪そうな表情を見せた。

　お盆休みが近づいた先月八月最初の日曜日だった。穂積は急にこのオフィスに呼び出されて、さとみの家の場所を聞かれたのだった。

「廣澤がなぜ急に場所を聞いたのか、俺には分かるよ。廣澤は彼女の家が潰《つぶ》れてて、そこから違う原版が出てくるかもしれないと、心配したんだろ？」

　穂積が廣澤の立場なら、地震が起きてすぐに確かめに行く。八月では遅いくらいだ。

「その通りだよ。でも地図であの地域を確認したら、それほど大きな被災ではなかった。県内の行方不明者名簿に、おくかわさとみという女性もいなかったし」

　引っ越したといっても、まだ能登半島内で拠点を移しただけかもしれないと思っていただけに、不明者に名前がなかったと聞いて張り詰めていた胃が楽になった。

「確認したのなら、俺に教えてくれればよかったのに」

「そんなことを言えば、栗原はきっとあの女に会いに行きたくなると思ったんだよ」

　実際、会いに行ったのだから、なにも言い返せない。

「大丈夫だよ、廣澤。俺が持っていくだけで大丈夫かと聞いたら、彼女は自分の仕事に専念できますと言ったんだ。そう言ったからには、あれ以外に原版はないはずだよ」

　言われっぱなしでは悔しいので、そう言って廣澤の悩みの種を解消しておく。

「ああ、俺もそう思ってるよ」

廣澤はパーマをかけアシンメトリーに横分けした髪をいじりながら、口角を上げた。心配だったくせに、こういうところは強がる。この方が廣澤らしい。地図を広げられた時の方が、この男でも不安になるのかと、穂積は気を揉《も》んだ。

スタッフから電話があって、廣澤はまた店舗に降りた。

次のお得意様が来たようだ。平日の夜というのに、どれだけ賑《にぎ》わっているのだ。

穂積は同時に店を出ようとしたが、廣澤から「いい話があるからもう少し待っててくれ」と言われ、部屋に残る。

部屋にはウォールナット製の立派な本棚があるので、眺めに行くが、置いてある本は高級時計を扱う雑誌ばかりで、読みたいものは一冊もなかった。

古いものが好きで気が合った廣澤は、興国商事に内定した頃は、少しくすんだ金無垢《きんむく》のドレスウォッチを腕に巻いていた。

——栗原くんもアンティークウォッチに興味あるの？

見ているのに気づかれたのだろう。廣澤から声をかけられた。

時計はよく知らないが、古い物が好きなので、廣澤くんの時計が目に入ったと素直にそう伝えた。廣澤のイケメン顔に笑みが広がった。

——これは一九三〇年代のオメガなんだけど、俺の時計に興味を持ったのは内定者の中でも栗原くんが初めてだよ。栗原くんは目が肥えてんだな。

――全然だよ、俺は車以外、古いものはなにも持っていないし。

――古い車ってなに？　まさかポルシェとか？

――シビックだよ。古いといっても九〇年代。

――いいじゃん。俺もベレットの一六〇〇GTに乗ってるよ。

――マジ、メチャ旧車じゃん。

――車に興味を持ってくれたのも栗原くんが初めてだよ。

すっかり意気投合した。

時計についても説明を受けた。廣澤は元より、自分の持ち物を語る術《すべ》に長《た》けている。

――一九三〇年だから、第二次大戦前に作られたこの時計は、その後たくさんの人の腕の上で、人に時刻を伝えてきたんだよ。その時計がいまだに正確な時を刻むなんて、とてもロマンチックだと思わないか？

目をらんらんとさせながら語った廣澤の顔は今も忘れない。

そのオメガは、廣澤が独立して渋谷にアンティーク腕時計ショップを開いた時、穂積が開店祝いを兼ねて廣澤から購入した。十二万という額は、廣澤曰《いわ》く格安だそうだが、穂積には痛い出費だった。

それでも毎日つけていると、廣澤が言ったたくさんの先人がこの時計を腕に嵌《は》め、仕事で成功を収めたと思えてきて、自分も頑張ろうという気持ちになる。今では完全に穂積の相棒となった。

片や廣澤はここ一、二年でめっきり趣味が変わった。ベレットは穂積が壊したのだから売っても仕方がないが、今の愛車は現行品のポルシェである。時計も何百万かのクロノグラフを日替わりでつける。

古い時代を愛した廣澤俊矢はいったいどこへ行ったのか。

起業して成功を収めている廣澤の背中を追いかけていきたいが、セレブ、言葉は悪いが成金風に様変わりした今の彼の姿には、まったく魅力を感じない。

することもないので、バッグから電子タバコを出した。口をつけようとするとドアが開いた。

「栗原、室内でタバコは吸うなよ」

廣澤が戻ってきた。

「悪い、もっと時間がかかると思ったんだよ。今度は早かったな」

「一本高いのを買ってくれただけの客だから適当に追い払った。高い時計と言っても値切ってきたし、うちは骨董屋《こっとうや》じゃねえんだよ」

渋谷のアンティーク店のみでやっていた時は、客と値段交渉していた。高級路線になってからは、値引きはしないらしい。

「それで、なんだよ、いい話って」

そう言って待たされたのだ。だが穂積には想像がついた。廣澤が手に時計のボックスを持っていたからだ。

「なんだと、思う？」

「俺に答えさせるのかよ。手にした時計を俺に売りつけようとしてんだろ」

「さすが、やり手のコンサルタントだけあるな。勘が素晴らしい」

「大事に両手で持ってたら誰だって分かるよ。言っとくけど、もう時計は要らないぞ。俺には廣澤がまだ細々と店をやっていた頃に買ったこのオメガで充分だ」

そう言って左腕を出して、風防を指で叩《たた》く。

「ただし時間を見るのは、こっちだけどな」

今度はテーブルに置きっぱなしの、アイフォンに手を置く。軽く触れただけで電源が入り、デジタルで時間が表示された。

「栗原社長は他にもデイトナをお持ちじゃないか」

「ああ、廣澤に売りつけられたヤツな」

「売りつけられたは失礼だろ。あれを欲しい客はいくらでもいるのに、あえておまえに譲ったんだぜ」

五カ月ほど前、廣澤から「持ってるだけで確実に値上がりする時計がある」とロレックスのデイトナを四百万で買わされた。

廣澤が言うには、デイトナの中でも限定品のデッドストックで、市場での玉が少なく、欲しくても買えないらしい。

――傷がつかないように、装着せずに保管していたら、必ず値上がりする。投資信託と同じだ。

そこまで言うならとローンで購入したのだった。

「たまには着けてんだろ？」

「着けるわけないだろ。傷がついたらそれだけで数十万は下がると廣澤が脅すから、一度も使わずに金庫に保管しているよ」

盗難防止のため、自宅に金庫を買って、セコムに入った。経費を差し引けば、値上がりしても利益は微々たるもの。今は自分には不相応だったと後悔している。

「別に一度も使うなとは言ってないだろ。大事な商談の時に嵌めれば、栗原の信用度も上がる」

「あいにく、俺の顧客は町工場の社長だ。高級時計とは無縁の時空で、汗水たらして働いている人ばかりだ」

「それならデートでつけろよ。目の肥えた女子なら一発でディトナだとわかるぞ」

「嫌だよ、傷がつかないようにびくびくしながらデートするなんて」

そもそもデートをする相手がいない。南米勤務で別れてから六年彼女なし。キスしたのも、去年のおくかわさとみが最後だ。

あの時のおくかわさとみの黒髪と白い肌、あの美しいコントラストはいまだに瞼《まぶた》の裏に焼き付いている。

穂積はまだ三十歳。いくらこの先、自分が実業家として成功しても彼女ほど謎めいた美しさを持つ女性に出会うことは、二度とない気がする。

立ち往生して途方に暮れていた穂積に手を差し伸べてくれたこともあるが、おくかわさとみの持つ美とは、けっして金をかけても作れない。あの森の中に潜み、こつこつと創作に精を出した、そうした孤独とうら淋《さび》しさから生まれたものだと思っている。

「今回の時計はもっとすごいぞ、ジャーン」

どうにか時計を買わせたい廣澤は、効果音まで口にして、婚約指輪でも出すように、手を縦にして箱を開ける。

そこにはメインの文字盤のほかに、ストップウォッチともう一つ、小さな文字盤がついたクロノグラフと呼ばれた時計があった。マットブラックで、いかにも頑丈だが、目を奪われるほどではない。

「デイトナの方がよっぽど高そうに見えるけど」

ロレックスと印字されているだけで、価値を感じる。目の前の時計にもブランド名が書かれているが、ドイツ語のようで読めない。

「デイトナも成功した人間だけが持てるスタンダードな一本だけど、これはさらにその上を行く。ゲルト・シュタルケというドイツの天才時計技師が作ったものだ。今年のジュネーヴの時計フェアでも一番人気だったんだよ。なにせ作り手のこだわりが入り過ぎて、大量生産ができない。メジャーデビューしてまだ三年くらいだから、世界に二百本も現存しないだろうな」

「そんな時計、レア過ぎて、誰も知らないよ」

断ったのに、廣澤は手にした時計を眺めては、唄《うた》でも歌うように説明を続ける。

「まずこのダイヤルの美しいギョーシェ彫りを見たまえ。このきめ細かい模様と美しさがシュタルケがただの時計技師ではなく、時計細工師と呼ばれる所以《ゆえん》なんだけど、今年発表された限定二十本のこの時計には、なんとミニッツリピーター機能までついてるんだよ」

「なんだよ、そのミニッツなんちゃらって?」

「音で時刻を知らせるんだよ、もうすぐ六時二十分だな、ちょうどいい、耳を澄ませてよく聴けよ」

テーブルに置き、廣澤は左の人差し指を口に当てた。反対側の手で時計のサイド面を操作する。

急に小さな音でカーン、カーンと六度鳴り、続いて違った音でティタンと鳴った。最後に高音でティンと五度鐘を打った。いずれも微《かす》かに聞こえる程度、オルゴールのような上品な音だった。

「どうだよ、この美しい音色」

「いい音だけど、音がするのになんの意味があるんだよ」

「最初の六つは六時。続いて一回奏でたのは十五分単位を示している。その後、五回鳴ったから、十五に五を足して二十分だ。すなわち栗原がなにも見えない暗闇にいたとしても、この時計があれば時間がわかるってことだよ」

「今の時代に実用性はないだろう。アイフォンに触れば暗くても明るくなる」

「そういう趣に欠けたことは言うなよ。ミニッツリピーターの原点は十九世紀の懐中時計の時代、夕暮れになると暗闇で時刻が分からなくなる紳士のために開発されたんだ。栗原は会社を始めて、これからサクセスストーリーを歩んでいくのに、そんなことを言ってたら、つまらねえ人生を送ることになるぞ」

趣には欠けるかもしれないが、この時計を持っているからといって人生が豊かになるとは思えない。

「いいよ、時計に音なんて。商談中に鳴られたら、相手がびっくりする」

「だから普段使いする時計じゃないんだって。時が経つまで寝かせておく資産だよ。ミニッツリピーター機能のある時計は他にもあるけど、これは二十一世紀の天才、ゲルト・シュタルケが最初に製作したミニッツリピーターだから、五年後、十年後には五千万、一億円に化けてる」

「どうしてそんなに値上がりすんだよ。有名じゃないのに」

「世に出てる個体数が少ないと言っただろ。実際、高級時計の世界では数千万で買った時計が、数年で一億超えに化けたものはいくらでもある」

資産価値はあるのかもしれないが、さすがに使えない時計を二つもいらない。

「で、いくらなんだよ、眠らせているだけで値上がりするそのお宝は」

一応、尋ねてみる。

「千五百万」

「嘘だろ」

開いた口が塞《ふさ》がらない。

「嘘をついてどうする。むしろ安いくらいだ」

「そんな余裕、俺にはねぇよ」

「じゃあ、ディトナを引き取るよ」

すぐさまそう言われた。興味本位で確認してみる。

「引き取るっていくらでよ」

「五百万だな」

「マジで」

五カ月で百万円値上がりしたことになる。同時に種明かしが見えた。

「あほらし、おまえ、最初から百万を上乗せしたんだろ？」

この時計の定価は、千四百万なのだ。いや、それ以下かもしれない。

「俺が親友の栗原にそんな嘘をつくわけないだろ。これを見ろよ」

本棚に並べてあった図鑑のような時計雑誌を持ってきた。

最新のジュネーヴ時計フェアの特集が組まれていて、一番目立つところにゲルト・シュタルケの、今、目の前にあるのと同じマットブラックのモデルが掲載されていた。

確かに限定二十本と書いてある。日本での価格は未定となっていた。

「未定ってどういうことだよ」

「本数が少なすぎて、現地価格は発表になっても、日本のバイヤーは値段がつけられないんだ」

「現地ではいくらなんだよ」

「本文をよく読めよ、価格が出てるから」

そう言って指を指す。八万ユーロと記されている。

「千三百万弱じゃないか」

商社で海外勤務をしていたから、為替を計算するのは得意だ。

「これに輸送費や関税を入れたら、日本での仕入れ値は千五百万、そこに店の儲《もう》けと消費税が上乗せされるから、最低でも千八百万はするな」

「俺が買って、すぐにどこかに持っていけば、即座に三百万の利益が出るのか」

自然と声が昂《たかぶ》っていく。

「そうだけど、転売するなら売らないぞ、こっちも客を選んでるんだから」

「どうして選ぶんだよ」

「転売されたら、金さえ出せばどこででも手に入るという情報が出回り、価値は下がるじゃないか。うちはこの時計を五本仕入れて、まだ在庫が残ってるんだ」

「世界限定二十本の時計を、廣澤は五本も持ってるのか」

あまりの驚きで声が掠《かす》れた。千五百万で仕入れたとしても五本で七千五百万。だが疑念もある。

「普通に売れば千八百万で売れるんだろ？」

「違うよ。欲しい客なら二千万でも買う」

「儲けが出るのが分かってるのに、なんで俺に売るんだよ。しかも仕入れ値で」

値切る客は論外でも、五本も買ってくれた今日店に来た上客に売ればいい。利益ゼロの穂積に売るより、五百万も儲かる。

「栗原がいまだに引きずってるからだよ」

「なにをだよ」

聞き返したが、意味は分かった。おくかわさとみのことだ。

「俺は栗原の能登の話、正直、最初は信じられなかった。出会いからそうだし、そんな美しい女性が、偽札作りなんかするかよと思った」

「廣澤だって原版を見たろ？」

「そりゃ、あれだけの技術を見せられたら、信じるしかないよ。でも逆にこう思ったよ。栗原が会った女性は、この世に存在してはいけない女性なんだなって」

「なんだよ、その遠回しな言い方。茶化さないではっきり言えよ」

また幽霊とか言い出すのかと思ったが、廣澤は予想もしていなかったことを口にした。

「俺は隣国の工作員じゃないかと思うんだよ。偽札作りはそういう国の方が長《た》けてるからな」

「彼女は普通に日本語を話してたぞ」

「工作員なら日本語はペラペラだよ」

廣澤に失笑される。確かに北朝鮮や中国で偽札作りが横行しているとは聞いたことはある。

「ありえないよ。偽札作りをしていたとしても、そういう国ではドル紙幣だろ？」

否定したが、ドル札は世界的なニュースになっているだけで、日本円の偽札を作っている可能性もなくはない。

「と言うことは、今、彼女はどこにいるんだ」

「本国に戻ったんじゃないか」

「連れ戻されたってことか。それって彼女が危険な目に遭ってるってことかよ」

「そういうことになるだろうな。栗原に渡しちゃったんだから」

「でもそれは泥棒が」

「そんなの隣国の諜報員《ちょうほう》が信じると思うか。さっきは頭が切れると思ったけど、諜報員はおくかわさとみが勝手に処分したと疑ってるよ」

次第に廣澤の説が、現実と乖離《かいり》しているようには思えなくなった。

振り返れば、おくかわさとみは、一緒にいる間つねになにかに怯《おび》えていた。

穂積に原版を渡せば、作品作りに専念できると言うことからして、安直だ。原版がなくなれば、それを作らせた組織はもう一度、一から作れと言い出すに決まっている。彼女の家は、ダイニングに仄暗《ほのぐら》いペンライトが灯《とも》るだけで、まるで異郷にいるようだった。組織は、今も原版のありかを捜している。そんな中、穂積は能登まで出かけて、彼女について近所を訪ね歩いた。俺はどこまで愚かなのか。

もう一度、時計雑誌の写真と現物とを見比べた。

時計についてはど素人の穂積だが、自分の目にはまったく同じ物だ。廣澤が勧めるなら間違いはないだろう。

「分かったよ。そこまで俺を心配してくれてるのなら、廣澤の好意に乗ることにするよ」

「俺の気持ちがやっと分かってくれたか」

「だけど全額ローンになるぞ」

「当たり前だよ、会社をこれから軌道に乗せていく経営者に、現金払いとは言えないよ」

「デイトナはいつ持ってくればいい？」

「近々、松田に栗原の家まで取りに行かせるよ」

松田類といって、元は廣澤の港区での遊び仲間、今はこの麻布本店の店長を任せている、廣澤がもっとも信頼しているスタッフである。

「絶対にすぐ売るなよ。売り時は俺が指示する。そうすれば今回のデイトナのように爆上がりするから」

「時計はよく分からないから、勝手なことはしないよ。廣澤に任せるから、いい売り時が来たら教えてくれ」

「他人にも見せるな。煩《わずらわ》しいほどマニアが売って来て、栗原は仕事どころじゃなくなるぞ」

「分かったって。全部廣澤の言う通りにするよ」

出されたローンの申込書にサインした。しばらくして審査がおり、廣澤がラッピングしてくれた。

黒地にゴールドで、《60 seconds Co&Ltd》と印字された紙袋に入れられた時計は、千五百万の重みで、ズシリと来た。

5

今は大阪府警の警務部にいる増永《ますなが》から折り返しの電話がかかってきたのは、信楽がかけてしばらく時間が経過した、午後に入ってからだった。

〈部屋長、すみません、会議中だったもので〉

増永は数年前まで警視庁で管理官をしていた。一課にも稀《まれ》にキャリアがやってくるが、彼らの多くは経歴が汚れる難しい捜査をやることを嫌がる。

ところが増永は、迷宮入りしそうな事件でも進んで手を付けた。

それでいて他の警察庁からの出向者のように、キャリア風を吹かしたところは一切なく、組織に馴染《なじ》もうとしていた。事件は生き物である。だからどの階級だろうが、全員が同じ気持ちにならなければ、変化していく捜査に皆が追いついていくことはできない——捜査への向き合い方をよく知る男だった。

「こっちこそ大事な会議だったところ、急《せ》かしてしまい申し訳ない。ちょっと相談というか、アドバイスがほしくて電話したんだよ」

生え抜きの警察官は巡査スタートだが、キャリアは警部補スタートで、二年でほぼ警部になる。いくつ年下だろうが、上官には敬語で喋《しゃべ》る信楽は、増永にも最初はそうしていた。

増永は、しょっちゅう飲みに行きましょうと信楽を誘ってきて、これまで解決した事件について、どうやって端緒を見つけたのか、どのような方法で自供させたのかを聞いてきた。

酒の席での信楽の言葉遣いに、ある時、増永は真顔になった。

——私も今は警視庁の刑事部の一員で、部屋長より後輩なんですから、増永さんではなく、増永って呼び捨てにして、普通に喋ってください。

カイシャならともかく、こうしてプライベートで酒を飲んでいる時に、階級もキャリアも関係ない、信楽もそう思い、それ以降は庁内でも二人の時はフランクに話すようになった。

〈私が部屋長にできるアドバイスなど知れていますが、なんでしょうか〉

「吉光捜査二課長についてなんだけど」

事前に調べたが、吉光の方が増永より入庁は四年早い。警察庁、都道府県本部を併せて、二人が同じ部署で仕事した経験はなく、信楽が調べた限り接点は見いだせなかった。

〈それはまた、大変な人と仕事をするんですね〉

「仕事をするかどうかは分からないよ。そのための質問なのだから」

〈部屋長が訊《き》いてくるってことは、二課と合同捜査を目指しているんでしょ。必要がなければ評判などまったく気にしないのが部屋長ですもの〉

周りがなんて言っていようが気にしないのは、増永の言う通りだ。相手だけでなく、自分がどう言われているかも考えない。評価は他人がするものであって、自分の力ではどうすることもできない。だが結果は自力で出せる。そう思って日々、難しい捜査に向き合ってきた。

「合同捜査となればありがたいけど。まだこちらは端緒を見つけたわけではない。俺の勘の域に過ぎないよ」

〈その勘が大事なんじゃないですか。二係捜査は部屋長の長年培った経験の積み重ねが解決の糸口になるわけですから〉

「俺の適当な思いつきにそんな大きな期待をされたら迷惑だよ」

〈なにが適当ですか。適当なんて言葉は大嫌いなくせに〉

警視庁にいたのは三年の短い期間だったのに、増永は信楽の性格を熟知している。まさに言葉通りで、適当とか上から言われたからという言い訳を信楽は好まない。資料に目を通すなら徹底的に読んで考える。今回の網章一のように目を通していたのに読み落としていた、そんな時ほどあとで悔やむことはない。

〈しかし核パスタと呼ばれる人と仕事をするとなるとこれは大変ですけどね〉

「なにパスタ？　なんだよ」

〈宇宙でもっとも硬いと言われている物質です。吉光さんは昔から石頭で、その頭は火星の石より硬いと、そのうち誰かがそう名付けたんです〉

「どう石頭だったんだよ」

〈大分県警にいた時、年上の警部が、町のサウナの更衣室内に落ちていた時計を持ち帰ったことがあったんです。防犯カメラから割り出され、本人は警察に届けるつもりだったのを忘れたと言い張ったのですが、吉光さんは窃盗の疑いで逮捕しました。よってその警部は退職を余儀なくされました〉

「マスコミにも発表したのか」

〈上は内密に済ませたかったみたいですけど、吉光さんは警察官だからといって、極秘に処分するわけにはいかないと主張して〉

「そこまでやって、よく警視庁《ちょう》の二課長まで出世できたな」

〈他の官庁なら潰《つぶ》されていますけど、警察庁は一応、司法を統括しているという意識はありますからね。正しいことをして、飛ばされることはそうはありませんよ。ただし大分県警の警部だからできたのであって、自分と同じキャリア官僚にも同じ処分を科したかは分かりませんが。結構、御上を気にする人だという噂もありますから〉

増永が言う御上とは、警視庁なら警視総監や刑事部長で、警察庁なら警察庁長官や警察庁次長や官房長にあたる。

忙しい増永に無駄話は申し訳ないと、信楽は時計商が行方不明になっていること、そして今回の肝でもある千葉県警が公務執行妨害の疑いで連行した時計店で働く男が、偽札を所持していたこと、その男を警視庁捜査二課の命令で釈放したことなど、事件の概要を伝えた。

〈今の話だと、部屋長の端緒のアンテナに引っかかったのは、「腕時計」と「大金」ですね〉

酔うとマイクを離さず物真似までやってのける愉快な男は、頭の回転が速い。会議で若い刑事が取り留めなく話したことでも、増永は見事に要点をまとめ、毎回感心させられた。

「行方不明者が妻に残した『今度は大丈夫だから心配しないでくれ』というセリフも気になったけど、だからと言って、その言葉がなにを意味するのかも俺にはさっぱりだ」

〈前は贋札《がんさつ》であやうく騙《だま》されかけた。だけど今回は大丈夫だというなら分からなくはないですけどね〉

「俺もそう考えたけど、贋札を使った人間とは二度と取引しないだろう」

〈使う側も同じ相手にはしないでしょうね〉

「その点はどういう意味で言ったのか、行方不明者届を出した妻に訊かなくてはいけない。今、森内が会えるよう頼んでいるところだ。ところで松田って店長を二課が釈放させたことはどう思う」

〈贋札を使われたらどうする気なんですかね。いくら出元を突き止めたくとも、裏を返せば事件を未然に防ぐチャンスに、みすみす目を瞑《つぶ》ったことになります〉

「そうだよな。リスクのある捜査だよな」

捜査協力を求めるにはどうすべきかを尋ねたが、増永は〈難しいでしょうね〉と想像した通りのことを言った。

〈私は大阪にいるので、内部事情は詳しくはないのですが、吉光さん、同期との出世争いに負けそうらしいので、なんとしても手柄をあげたいんじゃないですかね〉

信楽には無縁だが、エリートコースの階段というのは、昇っていくほど席数は少なく、熾烈《しれつ》になっていく。最近、捜査二課が大きな事件を解決したという話を聞いていないから、吉光は焦っているのか。

「容疑者ではなく、御上の方向を向いての捜査か」

〈まぁ、そういうことですね〉

正義のために主義を貫くなら譲歩はせざるをえないが、自分の出世のためとなると、こちらも簡単には引き下がれない。

「江柄子に頼もうかと思ってたけど、無駄だな」

〈鑑識課長でも知らぬ存ぜぬで通されるんじゃないですかね。なによりも階級を重んじるプライドの塊みたいな人ですから〉

同じ課長であっても、吉光は警視正で、江柄子は警視と一つ下だ。現在の刑事部で、警視正なのは捜査一課長と二課長の二人だけである。

〈部屋長は、独自捜査をするしかないですと言いたいところですけど、二係捜査はあくまでも身柄《がら》を取って、吐かせるわけですから、そうはいきませんよね〉

「二課が早急に逮捕してくれればいいんだけど、時間をかけられたらこっちの捜査にも響く」

〈どれだけ取調べ時間をくれるかにも、かかってきますし、先が思いやられますね〉

受話口からため息が漏れ聞こえた。増永も心配してくれているようだ。

拘束して取り調べられる期間は、逮捕から二十三日間。その後は起訴され、保釈される可能性もある。

自分たちの捜査が足りないと時間をくれないケースもあれば、核パスタと呼ばれるほど頭の固い吉光は、逮捕事案以外、いわゆる別件での取調べを許可しないことも考えられる。

「逮捕したら、少しでも調べる時間をくれと申し込めるよう、それまでに証拠や証言を集めて、短時間で落とせるよう容疑を固めておくしかないな」

〈先に吉光さんに顔を見せて、逮捕の際はお願いしますと頼んでおいたらどうですかね。義理立てしておくことで、少しは効果があるかもしれません〉

「どうにか話してみるよ。一課の平刑事に話すことはない、と却下されそうだけど」

〈刑事部に配属されたキャリアなら、二係捜査の信楽京介の名は知っているでしょうから、部屋長が会いに行けば、心を開いてくれるかもしれません。同じ警視庁の刑事部で仕事をしてるんですから、それくらいは協力してください、それが吉光さんへの私からの願望です〉

「俺も頭を捻《ひね》って接触方法を考えてみるよ。ありがとう、忙しい中」

〈いえ、なにもお役に立たずにすみません。なにせ〉

「核パスタだものな」

〈早速覚えましたね。私なんか十回くらい言われてやっと頭に入りましたから〉

「そういうミスマッチな言葉の組み合わせの方が引っかかるよ。その物質のネーミングした人、さすがじゃないか。聞けば必ず、えっと訊《き》き返すもの」

『核』というおどろおどろしい言葉と、『パスタ』という柔らかくて伸び縮みしそうな言葉がくっついているのだ。そう思いながらも、「パスタ」は違う意味ではないのかと疑った。

増永に尋ねたところ〈スパゲッティなどのパスタの形状をしてるからそうつけたんで

すよ〉と即答された。一つ知識が増えた。語源まで調べるところが増永らしい。小さなことでも疑問のままでいる者と、すぐに調べる人間、こんなことでも刑事として差がつく。

電話を切ると森内が寄ってきて、「二課は厳しそうですか」と訊いてきた。信楽が発した会話部分だけで二課長の偏屈さは察しがついたようだ。

「どうにもよそに協力的な人ではなさそうだ」

「人の命がかかっているのだから、協力すべきでしょう」

「正義感の強い人なら、事件に優先順位などないと譲らないだろう。殺しも贋札も、犯罪であることには違《たが》わないと」

「僕も交番勤務時代は、強盗でも万引きでも同じだぞ、手を抜くなと言われました」

「俺が盗犯担当でも、後輩刑事にはそう言うよ。警察官がやることは法を犯した人間を検挙すること。罪の大小をつけるのは求刑する検事であり、最終的には判決を下す裁判官だ」

通貨偽造の罪は確か無期または三年以上の求刑、殺人は刑法上五年以上だが、一人だと十五年が目安となり、死体遺棄が加わると、無期刑まで延びる。どちらも刑期の幅が大きくて、どちらが重罪なのか判断はつかない。

「ところで部屋長の電話中に考えていたのですけど、無罪放免にしたということは、二課はその贋札をまだ一枚も保有していないということですかね」

「泳がせたということはそういうことだろうな。それがどうした？」

「だとしたら、調べたいと思わなかったんですかね」

「思ったろうな」

コピーしたものならどのメーカーの印刷機を使ったのか。パソコンなら機種だ。どのような紙を利用して、インクはなにを使ったのか、調べたいことはいくらでもある。

そこでふと「あっ」と声が漏れた。

「どうしました、部屋長」

「いや、なんでもない」

そう返すと、森内は引き下がった。

森内に言われたことで、信楽は二課の捜査手法に危うさを覚えた。

6

信楽は二課の幹部部屋の前に立った。

吉光捜査二課長には、事前に泉管理官から捜査一課長を通じて、アポイントを取った。

捜査一課長からは「くれぐれも二課に迷惑がかからないように」と泉を通じて注意を受けた。

許可が出たのはありがたかったが、「迷惑がかからないように」はない。信楽は二課の捜査の邪魔をするつもりで申し出たわけではなく、一課の捜査をしたいだけだ。そもそも捜査に迷惑もなにもない。

中に入ると、庶務担らしき管理官がいて、「こちらの部屋で課長がお待ちです」と案内された。約束の時間の五分も前だ。すでに待っているとは吉光は、石頭なだけでなくせっかちな性格のようだ。

「失礼します、捜査一課の信楽巡査部長です」

管理官がドアを開けると、信楽は前に出て、はっきりした声で名乗り、一礼した。

四角い顔に、角ばった眼鏡をかけた男だった。信楽より年下だが、年長者に見える。官僚というより、棋士のように見えたのは腕組みして、眉間《みけん》に深い皺《しわ》が入っていたせいかもしれない。

「座ってよろしいですか」

何も言ってくれないので自分から伺いを立てた。

「どうぞ」

吉光は腕組みしたまま言った。わざと不遜《ふそん》な態度を取っているようにも見えなくはない。

「で、話とは」

「千葉の公務執行妨害の疑いで所轄に連行した件です」

「はぁ」

なんのことだか意味が分からないといった見事なまでの白の切り方だった。

「私はある方面から知りました。千葉県警がスピード違反で捕まえた男の車内を検査したところ、男が暴れ出した。薬物所持の可能性があると所轄で所持品検査をすると、出てきたのは薬物ではなく贋札《がんさつ》だった。ところが警視庁捜査二課の指示で、男は釈放されました。私は千葉県警にも検察にも知り合いがいるものでして」

ネタ元がバレないように気を付けて喋《しゃべ》ったつもりだ。もっともそれを聞いたのは新聞記者の向田瑠璃で、彼女が誰から情報を得たのかは、個人名までは聞いていない。

「おかしなことを言いますね。千葉県警の事案にどうして警視庁が口出しするのですか」

本当に知らないのではないかと思い違いするほどの無反応だった。

知らないはずはない。事実無根であるなら、顔色を変えて怒っている。

「その男、松田類という名前だそうですね。仕事は興廣貴金属が西麻布に出している『60セコンズ本店』の店長、年齢は三十一歳」

知っていることを隠さずに話した。松田類は二十二の時に、港区の飲食店で酔った客と喧嘩《けんか》、傷害での逮捕歴があった。

「そのなんとかという店員を、あなたはどうしたいのですか」

「独自で調べたいと思いまして」

「おかしいですね。信楽京介巡査部長のお仕事は、行方不明者と逮捕者の端緒を探し出すこと。そして逮捕者から自供を引き出すことだと伺っておりますが」

驚いた。この課長、信楽の名ばかりか、二係捜査がどのような捜査手法を取っているのかも知っている。いや、調べたのだ。

「捜査方法まで知っていただいて大変光栄です。確かに私の捜査は、近々の逮捕者を調べるのが基本ですが、中には今回のように時間切れで釈放された者もいます。そうした時は次の逮捕時を待ち、その際、迅速に自供を引き出せるよう、あらかじめ周辺を調べておくことは、過去にもやっております」

「どうぞご自由にしてください。捜査一課には一課のやり方があるでしょうから」

でしたらそうさせていただきますと席を立ちたいところだが、この男はいざ捜査に入ったところでやめろと横やりを入れてくる……無礼な態度に勝手なイメージが湧く。

落ち着き払った吉光に疑問が生じた。この課長、信楽が面会を求めた理由を事前に知っていたのではないか。

「課長は私が松田類を調べようとしている理由はご存じですよね」

「知りません。一課のことなど知る由がありません」

「私の捜査手法まで調べられたのなら、どのような事件かは、想像されるのではないですか」

「想像なんて及びませんよ」

吉光は眉《まゆ》一つ動かさずに否定した。

根負けしたわけではないが、信楽は小出しにするつもりだった殺人の疑いのある事件の概要をすべて話すことにした。

調べているのは網章一という腕時計を海外で購入して、販売しているバイヤーである。その網が一ヵ月余前の七月二十四日から行方不明になっている。網は妻に「大きな取引がある」と話していた……。

すべて頭に叩《たた》き込んだことだが、正確に伝えていることを示すため、あえて手帳を開いた。吉光は空で聞いている。

仕方がない。少し飛躍しすぎかもしれないが、言ってみることにする。

「もし網章一が生きているとしたら、贋札を持って、失踪《しっそう》している可能性も消せませんが」

今度こそ反応が出るはず。だが期待は裏切られるばかりか、吉光は痛いところをついてくる。

「生きていることも考えておられるのなら、信楽巡査部長の出番ではないのではないですか」

「怪しいと調べましたが、その行方不明者はどこかの地方で新しい生活をしていた、そうしたケースも過去にはあります」

「つまり一般行方不明者と特異行方不明者を見誤ったということですか」

嫌なことを言う。核パスタと呼ばれるくせに、頭の中はマカロニのように捻《ひね》り曲がっているようだ。

「おっしゃる通りです」

「それなら今回ももう少し調べて、特異行方不明者だと断定してから、身辺なりを捜査されたらよろしいのではないでしょうか」

網章一の生存の可能性に言及したことが、裏目に出たようだ。

「確かに特異行方不明者だと判断するにはもう少し時間がかかります。ですが網章一が殺された公算が大きくなった時は、我々は職務として松田類も調べることになります。網章一には歳の離れた妻がいます。妻が警察に相談したのは網章一が行方をくらませて三日後です。すぐに連絡しなかったのですから、夫婦関係がどのような状態なのか、妻に聞かないことには分かりませんが、たとえ冷えきっていたとしても、一緒に暮らした相手がいなくなることは、人に悲しみを与えます。私は長年、この捜査に専念していますが、世の中には生きているのか死んでいるのか、誰にも知られていない被害者がこんなに数多くいる、そしてたくさんの遺族や友人が悲しみに暮れている。事件のたびに痛感します。私たちが被疑者を特定し、遺体を捜し出さないことには、家族も友人もいつまで経っても苦しみから脱却できないのですから」

信楽にしては珍しく熱い長広舌となった。

こうなったら意地だ。捜査の許しを得られなくとも、少しは核パスタを慌てさせ、ずっと組んだままの腕組みくらいは解かせたい。

「私から課長に質問したいのですが、よろしいでしょうか」

「どうぞ」

投げやりだ。時計を見た。早く終わらせろ、忙しいのだと態度で伝えている。

「釈放された松田類は、真っ先に自分の財布を確かめたのでしょうか？」

「それが私になんの関係があるんですか」

「あくまでも一般論として気になっただけです。松田は挙動不審から薬物所持の疑いで警察に連行されたわけです。尿検査もされたでしょうし、所持品も調べられました。当然、所持品には財布が含まれています」

「調べられたのなら、中を確かめるんじゃないですか」

少しは動揺するかと思ったが、相変わらず鋼でできたような頬はピクリとも動かない。

「財布には最初に入っていたものと同じものが入っていたのでしょうか」

「はぁ？　なにが入っていたと信楽巡査部長は言いたいのですか」

「本物の一万円札です」

一瞬、目が光った気がした。当たりだ。そう確信する。

二課は松田の財布の贋札を一枚だけすり替えた。それで贋札について調べることはできる。だが代償として松田に自分が警察に狙われたことを知られる確率が高くなる。精巧に作られた贋札だと向田を通じて聞いた。もしや二課は本物を入れておけば、松田は気づかないとでも考えたのか。

「おかしなことを言いますね。それなら私も一般論でお答えしますが、贋札を調べたいのであれば、警察は当然、そうした措置は取るのではないですか」

　さっきの目の変化が幻覚かと思うほど、淡々と話す。

「ですが課長、松田類が贋札作りの首謀者でなければ、彼の身が危険に晒《さら》されるのではないですか」

　危険な捜査だ、そうした意味を含めて口にした。ここで激怒するならもう少しまともなコミュニケーションは取れた。

　ところが、間もなく信楽は、余計なことを口走ったと後悔することになる。

「あなたがどう思おうが勝手ですが、松田類を触るのはやめてください」

「さっきは、一課には一課のやり方があるから、どうぞご自由にと言ったじゃないですか」

「それは松田とは関係のない範囲のことです」

　言っていることが支離滅裂だ。千葉県警の逮捕事案には関与していないと素っ呆《とぼ》けたではないか。

「松田を任意で呼ぶことは、我々はしません。ですが周辺を捜査すれば当然、松田にも知れ渡ります。そもそも今回の事案に、二課は関係ないのではなかったのですか」

「無関係だと言ったのは、千葉県警の身柄確保についての回答です」

「つまり二課が釈放を要請してはいないということですか」

「もういいですか。これ以上、信楽巡査部長と仮定の話をしていても、意味はないでしょう。松田が逮捕されたわけでもないのですから」

なにが仮定の話だ。松田類に触るなと命じておきながら。

吉光に直談判したのは完全に裏目に出た。

信楽は一課とはまるで異なる熱量の、二課の幹部室を後にした。

7

栗原穂積はハンドルを握りながら、スマホから聞こえる道案内に耳を澄ました。助手席に座る山田千秋《やまだちあき》を下北沢《しもきたざわ》の自宅まで送るところである。

穂積の愛車、黄色のセリカ一六〇〇GTにはカーナビがついていないため、センターパネル近くにホルダーで設置したスマホのグーグルマップを見るしかない。画面が小さく、視力はいい方ではないので、音声ガイダンスだけが頼りだ。

千秋とは二カ月前、友人に誘われて参加した婚活パーティーで知り合った。一つ下の二十九歳、会社員をしていたが、新しい仕事にチャレンジしたいと思って退職したと話していた。

パーティーではストレートの黒髪、ナチュラルメーク。美人は他にもいたが、参加女性の中で唯一、穂積は彼女とだけ連絡先を交換した。

ところが今日会ってみたら、パーティーとは別人だった。髪の色は茶色だし、化粧もマツエクもばっちり決めている。

服装もパーティーでは白のおとなしめのワンピースだったのが、胸元が大きく開いたカットソーに、デニムのショートパンツ。おしゃれではあるが、初デートにしてくる恰好《かっこう》ではない。鎌倉《かまくら》までドライブして、普段なら入らない高めの居酒屋で食事をしたが、パーティーとのイメージが違い過ぎて、穂積のテンションは上がらなかった。

唯一、連絡先を交換したとはいえ、二カ月も経つのに一昨日《おととい》までLINEを一通も送らなかったくらいだから、とりわけ気に入っていたわけではなかった。パーティーの翌日、彼女から「昨日はありがとうございます」と定型文のようなメッセージはあったが、その返信すらしていない。

ただ、数いた女性の中でなぜ千秋だけと連絡先交換をしたかといえば、地味なところが、おくかわさとみと重なったからである。

先日、廣澤からおくかわさとみが外国の工作員で、本国に連れ戻されたのではと聞かされた。

工作員だとしても、思い焦がれた気持ちは変わらなかったが、同時に恐怖を覚えたのも事実である。

さとみのことは一旦《いったん》忘れよう。それには新しい相手を探すしかない。そう思って、千秋に連絡したのだが、こんな歳のいったギャル風女では、さとみへの思いは消えない。

運転中も、車から降りて海岸を歩いた時も会話はまったく弾まなかった。居酒屋での食事中はさらにひどくて、千秋は料理が出てきてからもずっとスマホを眺めていた。パーティーではジュースを飲んでいたくせに、千秋は結構な酒飲みで、高いグラスワインを三杯も頼んだ。車のため一滴も飲まなかった穂積は、彼女がお代わりを頼むたびに、イラっときた。

酒は飲むくせに、六品頼んだ料理には少ししか手を付けない。あらかじめ「俺は小食なんだよ」と告げ、「とりあえず三品くらいでいいんじゃないの？」と言った穂積に、「それだけじゃ足りないでしょう」と全部千秋が頼んだというのに。

おまえが頼んだんだから残さず食えよ——そう心の中で毒づきながらも口にする勇気はなく、穂積が無理して全部食べた。「栗原さん、お腹空《す》いてたの？」と言われた時は、殺意さえ浮かんだほどだ。

こんな女、とっとと家の近くまで送り届けて帰りたい。それなのにグーグルマップが細かい路地ばかり選択して、なかなか到着しない。

マニュアル車なので、狭い道で曲がり角が多いと、いちいちクラッチを切って、ギアを落とさなくてはならない。車の運転をこれほど苦痛に感じたのは初めてだ。

やっと普通に対向車とすれ違えるほどの幅のある道に出たと思ったら、直角に曲がれと指示が出た。また車がすれ違えない路地だ。

薄暗い小道、穂積はクラッチペダルを踏んで、シフトノブを握ろうとした。なぜか彼女の手が近くにあって触れた。

「キャー」

事件でも起きたかのような恐怖の声が車内に響いた。

びっくりした穂積は、ブレーキを踏んで車を止める。

「なにするのよ」

横を向くと、千秋は網戸の蛾のように、ドアにへばりついていた。

「なにって、そっちがへんなところに手を置いているからだろ？　俺はギアを変えようとしただけだよ」

「嘘、手を握ろうとしたんでしょ。この先、ホテルがあるし」

「ホテルがあるかなんて知らないよ、こんな狭い道、初めて来たし」

「稲村《いなむら》ガ崎《さき》でも、ずっと私の足をやらしい目で見てたじゃん」

「見てねえよ」

確かに見た。それはショーパンがあまりに短くて、これでは娼婦《しょうふ》と歩いていると勘違いされそうだと周りの目が気になったからだ。

「最初に言っときますけど、私は一回目からやらせるような安い女じゃありませんので。それに栗原さんと付き合う気はないし」

いきなりカウンターパンチが飛んできた。俺だってこんな痛いギャルには興味もない。

「じゃあ、なんで俺の誘いに乗ったんだよ」

イケメンでないことは自覚しているし、廣澤のようにトークで盛り上げるのも苦手だ。

それでもここまで毛嫌いされたのは初めての経験だ。

「あのパーティーで、いろいろ会ったけど、いい人がいなかったからだよ」

「はっはぁ、そういうことか。なるほどね」

「なにがなるほどなのよ」

千秋が気色ばむ。形勢が逆転した。

「何人も会ったけど、全員からあなたとはお付き合いできませんって断られたんだろ？　そりゃ、そうだよな。パーティーとは程遠いイメージだもん。男性陣はほぼ全員、きみに清楚《せいそ》なイメージを描いてたんだよ。可愛いだけなら他にたくさんいた。唯一、男たちを騙《だま》せた部分を捨てて、茶髪のビッチみたいな恰好で来るから、誰もが幻滅したんだよ」

「失礼ね、髪を染めたのは昨日です。それまでのデートは黒髪でした」

「なに、俺だけ違うってことかよ」

それもまた屈辱だ。

「そう、栗原さんは候補にも入っていなかったから」

再び千秋にマウントを取られた。「これでも私、結婚願望強くて、真面目にあのパーティーに参加したので」

「俺だって本気だったよ」

それは嘘だ。知り合いに頼まれてしぶしぶ出かけただけ。今日、千秋がパーティーのままのイメージで現れたとしても結婚は考えなかった。今は会社のことで頭がいっぱいだ。

「俺のどこが候補外なんだよ」

単に好みの問題だとは思うが、口を窄《すぼ》めて尋ねてみる。

「私、町工場の奥さんに収まる気はないんだよね」

「きみ、俺の話のなにを聞いてたんだよ。俺の仕事はコンサルだよ」

「でも町工場を相手にしてんでしょ。同じようなもんじゃん。借金の連帯保証人とかにならされたら困るもん」

確かに町工場の話をした。それはクライアントであって、その工場に後継ぎがいないため、M&Aを決めたと話した。それより連帯保証人ってなんだ。家族を保証人にする気などないし、そこまで追い詰められる経営はしない。

「俺、去年まで興国商事にいたんだけど。それはパーティーで話したよね？」

「聞いたよ。でも今現在興国商事にいたら満点あげられるけど、元興国商事じゃ一点もつかないよ」

「給料は興国商事時代より今の方が上なんですけど」

まだ半分くらいだが、来年はM&Aを一つ、二つ決めて追いつく見込みなのでそう言っておく。やがて上場すれば億万長者で、興国商事の社長になるより、何倍もの高収入を得る、一応その予定である。

「車にしたって、どんなカッコいい外車なんだろうって期待したけど、まさかこんなおんぼろで来るとは思わなかったし」

「この車は、セリカ一六〇〇GTと言って、五十四年前に作られた車なのに三百万もするんだぜ」

見た目はレトロだが、三万円もする屋内駐車場を借りているので、外装はピカピカで、エンジンも内装も抜群に程度がいい。

「ふーん、だから」

馬鹿にしたような反応をされる。

「旧車ブームが来てるの、きみ知らないの？」

確かに一般ウケする車ではない。だがマニアたちが固唾《かたず》を呑《の》んで見つめる憧《あこが》れの車でもあるのだ。

「古い車を好きな男性がいるのは私も知ってるよ。それってフェラーリとかポルシェくらいにならないと自慢にならないよ」

そんな車買えるか。これでは本当に貧乏社長だと思われそうで、「そういうのは成金が乗るんだよ。旧車好きは興味ない」と言い返す。

「成金だろうが、フェラーリとこの車、どっちに乗りたいかって、女の子百人にアンケートを取ったら、百人全員がフェラーリと言うと思うけど」

また馬鹿にする。この痛いギャル崩れが。憎たらしくて堪《たま》らない。

「それに栗原さんの車好きが本物だとしても、センスがねえ」

穂積の服装を値踏みするように眺める。

今日の服装は白のポロシャツに、グレーのスラックス。けっして高い服ではないが、別に普通の三十代の服装だ。

「この服装がまるでダメみたいな言い方だな」

「うん、車に全財産かけて、家ではずっと短パン穿《は》いてそう」

見事な的中率で、反論できなかった。家では真冬以外は短パンを穿いている。

「車は古くてもいいから、時計くらいカッコいいのをしたら」

そう言って今度は穂積の左手に視線を移した。オメガである。

「きみ、さっきから好きなことを言うけど、この時計、一応、ブランド品なんですけど」

「知ってるよ、オメガでしょう」

「なんだよ、知ってるなら価値も分かるだろうよ」

価値といっても、ロレックスのように高くはない。

「オメガをするなら、スポーツモデルでないと」

びっくりした。そんなことまで知っているのか。オメガはダイバーズウォッチやクロノグラフが人気で、穂積がしているドレスタイプはあまり人気がない。

「もしかしてそれ、おじいさんの形見？」

クックと笑う。

「本当に失礼だな。これは仕事用で、他にも持ってるよ」

「どうしてその勝負時計を今日、着けてないのよ」

「それは今日は勝負時じゃないからだよ。今日のお相手なら、おじいさんの形見で充分だと思ったんだよ」

千秋が歯嚙《はが》みする。少しはやり返した。

「勝負時計って、なにを持ってるのよ」

この女ならロレックスくらいは知っているはずだ。だがロレックスのデイトナは、下取りにやってきた興廣貴金属の社員に渡した。廣澤が信用している松田類が来ると聞いていたのだが、やってきたのは渋谷店の店長をやっている女性だった。

さすがにあの時計は、言っても知らないだろう。持ち帰ったきり、箱ごと金庫にしまったので、ブランドネームも忘れた。

「ねぇなによ、勝負時計って？　フランク ミュラー？　パテック フィリップ？　オーデマ ピゲ？　着けてこなかったってことは、本当は持ってないんじゃないの？」

無知な女にしか見えなかった千秋の口から次々と高級ブランド名が出てくる。あー、思い出したい。なんだっけ？

「やっぱ嘘なんだ。ちなみに私はフランク ミュラー持ってるよ」

彼女の左手を見てみるが、なにも装着していない。

「だいたい自分だってフランク ミュラーを着けてないじゃんか。俺に負けたくないから、見栄張ってるだけだろ」

「別に栗原さんとなんか争ってないもん。今日は勝負の日じゃなかったから、着けてこなかっただけよ」

ワンパンチで返された。

「よくそんな高価なのを持ってるな。どうやって買ったんだよ」

フランク ミュラーといえば最低百万はする。普通のOL、しかも今は会社をやめたプーの女が持てる時計ではない。

「自分で稼いで買ったんだよ」

違うなと思った。男に貢がせたのだ。OLと言いながら、なにか怪しい仕事をしてるのだ。

そこで急に時計のブランド名が脳裏に駆け込んできた。頭はゲルト。そうだ。ゲルト・シュタルケだ。

「俺が持ってるのはゲルト・シュタルケの限定品だよ、フランク ミュラーも天才と言われてたけど、ゲルト・シュタルケは奇才だよ。しかも俺が持っているのはシュタルケが世界で二十本しか作れなかった限定のミニッツリピーター。あまりの出来栄えに、時計フェアにやってきた世界中の時計マニアが息を呑み、まるで冷たい空気を断ち切るような澄んだ音色に、聞き入っていたくらいだから」

言っても知らないだろうと思いながらも、浮かんだままに適当なことを並べていく。

廣澤に聞かせてもらったのは確かにいい音だったが、他のミニッツリピーターの音を聞いたことがないので区別はつかない。無名の時計では意味がないと、また言い返されるのだろう。これならデイトナと言っとけば良かった。どうせ二度と会わないのだから。

構えて待っていたのだが、彼女は黙っている。

「どうしたんだよ」

もしや名前を言い間違えて大恥をかいたのかと思った。彼女はさっきまでの穂積を侮《ぶ》蔑《べつ》した態度が一変し、ドアに張り付くように避けていたのが、元の座席の位置に戻っている。

「本当にゲルト・シュタルケのミニッツリピーターを持ってるの？」

知っていた。絶対に知らないと思っていたのに。こんなギャルっぽい女まで知っているほど有名な時計なのか。

「本当だって。嘘ついても仕方がないだろ？　見せろと言われたらバレるわけだし」

「いくら？」

「値段は言えないよ、安くはなかったことは確かだけど」

安くないのは彼女も分かっているだろう。千五百万もしたのだ。投資用のワンルームマンションくらいは購入できた。

「ねえ、今度、見せてくれない」

「なんで見せなきゃなんないんだよ」

「さっき、見せろと言われたらバレるから嘘はつかないって言ったじゃない。嘘じゃないなら見せてよ」

「嘘じゃないって」

「だったら証拠見せて」

エクステで無理やり開いた瞼《まぶた》の下で、瞳《ひとみ》を光らせる。

廣澤からは入手先は言うな、実物も見せるなと言われた。だがその理由は欲しがる人が殺到するからだ。この女に見せたところで買えないから問題はないだろう。

「分かったよ、じゃあ、次回会った時に見せるよ」

「本当、嬉《うれ》しい」

これまで出さなかった無邪気さで喜んだ。

対向車が来たので、車をバックさせて、空いていた駐車場に車を入れる。

そこから先も狭い路地が続き、車をぶつけないようにすることに気がいって、穂積は運転に集中した。デート中も穂積の話に興味を示さず、ちょくちょくスマホを眺めていた千秋が、家につくまで穂積の仕事について質問してきた。

アパートの前で降りる時には、「LINEするね。次、楽しみにしてるね」と笑みを広げ、バックミラーから姿が見えなくなるまで、手を振っていた。

8

二課長と話した二日後、信楽は森内とともに、練馬区の網章一の自宅に向かった。住宅街の奥まった、いわゆる無接道敷地にある十数坪ほどの一戸建てだった。

夜八時を過ぎている。森内が網の妻、舞香に電話をしたのは三日前だった。時間を要したのは、中学校の教諭をしている妻が、出張していたからだ。

インターホンを押すと声がした。出てきた女性を見て驚いた。二十代くらいに見えるボーイッシュな髪形の女性、一瞬、娘かと思った。

「ごくろうさまです」

頭を下げた女性に、信楽たちも頭を下げる。

「どうぞ、暑いので中に入ってください」

「失礼します」

森内とともに靴を脱いで、出されたスリッパに足を入れる。

信楽は自分の脱いだ靴を揃えようとしたが、森内が「自分がやります」と三和土《たたき》で体を屈《かが》めた。

以前は脱ぎっぱなしで中に入り、信楽が森内の分まで揃えたことがあったが、最近はこうした小さな所作を忘れないようになった。ちなみに靴を揃えるしきたりは、茶道の影響を受けており、心を整える意味もある。どのような調べであっても心が乱れていては小さなことに気づかないまま見落としてしまう。

ダイニングチェアーに座る。網舞香が冷たいお茶を出してくれた。お構いなくと信楽は言ったのだが、「この家は西向きなので夕方からが暑いんです。私も帰ってきたばかりで、さっきエアコンを入れたので」と言い、腰を下ろした。

「学校の先生もお忙しいですものね」

今回は森内が先に質問することにしていた。

「すみません。お時間をいただいてしまって。普段は夜八時には帰ってきているのですが、ここ三日出張に出ていまして」

「学校の研修ですか」

「私が顧問をするバスケットボール部が全国大会に出ますので、練習試合のために遠征していました」

「バスケットボールの顧問をやられているんですか。監督ですか」

言われてみれば背が高い。一七〇センチくらいある。

「一応、建前上は。私も昔、プレーしていたので。実際に細かいプレーを指導しているのはコーチですけど」

「全国大会に出場なんてすごいですよ。バスケットボールは高校生のウインターカップが盛り上がっていて、今、人気が高いですよね」

森内はバスケットボールにも詳しい。

「ウインターカップなんて、刑事さん、よくご存じですね」

「はい、最近は日本人がNBAで活躍し始めたので、Bリーグや高校バスケットもたまに見ます。女子の日本代表も強いですね。網さんの学校の生徒さんも、活躍されてるのですか」

「うちは今回初めて都大会で優勝できたので、そこまですごいOBはいないですけど、二年生の子にはすでに有名高校からスカウトが来てますから、頑張ってほしいと思っています」

スポーツ通の森内のおかげで、話は弾む。だが肝心の捜査にはなかなか入れない。おそらく森内は夫婦の歳の差が気になるのだろう。ここに来るまでも「網章一は再婚なんでしょうね」と疑問を持っていた。たかだか結婚歴でも今の時代は切り出しにくい。代わりに悪役になってやろうと、信楽が尋ねることにした。

「網章一さんって、六十四歳ですよね。奥さまとは二十八も離れているのですね」

「はい、父と娘ですよね。私の父よりも、主人は年上です」

「どちらでお知り合いになられたのですか」

ズケズケと聞きすぎだと自分でも思うが、こういうことは遠慮して遠回しな言い方をした方が、相手は答えにくくなる。

「旅先のトルコです。イスタンブールの空港だったんですけど」

「なかなか日本人がいかないところですね」

「そんなこともないんですよ。直通便が出てますし、トルコは親日国なので、ツアー客も多いです。カッパドキアとか有名な観光地もあります。と言っても私も主人も旅行ではなかったのですけど」

「仕事ということですか」

「私は現地の日本人学校で一年間、教師をやっていました。大学を出て教員試験に受かったのですが、空きがなくて一年待機になったのです。そんな時に知り合いから、現地の学校で先生を募集していると聞きまして。こういうのもいい経験だなと思って」

「網さんは時計ディーラーの仕事ですか」

「主人はボランティアです。青年海外協力隊ってご存じですか」

「政府がＯＤＡ（政府開発援助）の一環で行っている貧困地域を支援する制度ですよね」

「主人はその頃、五十歳を超えてましたから青年ではないんですけど、若い時分からそうした活動が好きで、いろんな地域に出掛けていました。その時の主人は、アフリカのスーダンからの乗り換えでイスタンブールに立ち寄ったんです」

「そこでお知り合いになられたと」

「飛行機が遅延で、一晩空港で過ごすことになりました。私をはじめ、乗客は困っていましたが、主人は空港で寝る経験を何度もしていたので、いろいろ手助けしてくれて、みんな本当に感謝していました。私にはすごく頼もしく見え、それで私の方から連絡先を聞いたんです。帰国してから何度か会っているうちに、私が押し掛けるようにして、結婚することになりました」

世の中には面白い出会いがある。警察官などをしていると、職場結婚か上司や同僚の紹介くらいしかない。森内の妻は元交通課だし、信楽の別れた妻も、警察官ではなかったが、警察署に職員として勤務していた。

「当時の網さんはどうやって生計を立てていたのですか」

これもまた聞きづらい質問だったが、知っておくべきだと尋ねた。

「主人は裕福な家庭の出なんです。といっても田舎の地主さんですけど。親の金でぬくぬくと過ごしていれば放蕩《ほうとう》息子だけど、その金で恵まれない国の子供たちの世話をするなら、バチは当たらないだろうと、開き直っていました。私もそう思います。ご先祖さんが築いたお金を使って、貧困国に行き、主人が無償で働くのですから、現地の人からも喜ばれていたはずです。主人はどこに行っても朝から晩まで働いていたらしく、主人に世話になったたくさんの国の人から手紙が来ます」

「ボランティアをしていたのが、どうした経緯で時計ディーラーになったのですか」

行方不明者届の職業の欄には時計ディーラーと書いてある。

「いろいろ頼まれて時計を卸していたのは事実ですが、好んで始めたわけではありません。かつての紛争地域に行くと現地住人が、兵士が置いていった時計などを持っているケースがあるんです。ロレックスなどのブランド品のミリタリーウォッチが、捨てられたり、亡くなった遺体についていたりして、それを現地の人は高級だと知らずに持っていた。主人は時計など興味がなかったのですが、困っている人がいたんで買い取ってあげた。それが二十年くらい前です。第二次大戦でパイロットに支給されたその時計は、日本で結構な価格で売れました。それからはそういう時計を持っている人がいると、主人は買い取ることにしました。そうは言っても高値で買うせいで、売って損したことが何べんもあったそうですけど」

本当にいい人だったのだろう。そういう性格でなければこれだけ恵まれた日本を離れて、発展途上国に行こうとは思わない。

「そのうち時計をまとめて主人に売りたい商売っ気のある人が現地にも出てきて、一時、主人は下高井戸《しもたかいど》でアンティーク時計店をやっていました。私と結婚する直前でしたけど」

「それが網さんの収入源になっていたのですか」

「いいえ、全然」

首を振って苦笑いをする。

「儲《もう》けなんて全然なかったです。そのうえ主人が渡航している間に、雇っていた店員がお金を持ち逃げして。それでお店は閉めました」

「それは災難ですね」

「主人はしゃあないってケロッとしていて。持ち逃げといっても十数万程度で、アンティーク時計は発覚しやすいので、持っていかなかったんです。店をやめたのは、人を雇うのが面倒くさくなったからだと思います。信じていた人に裏切られたわけですから、主人もショックだったと思いますが、恨みごと一つ言ってませんでした。というか、主人が人の悪口を言っているのは聞いたことがありません」

ここまで褒めそやすほど、彼女は夫を尊敬し、愛しているのだろう。そうなると新たな疑問が生じてきた。

「行方不明者届を出されたのは、ご主人がいなくなって三日後ですよね。それはなぜですか」

最初は熟年夫婦の別居、だが妻が三十六と聞いた時は、網は若い女性が好きで、大金が入ったので他の女と暮らしているのかと勝手に推測した。だが話を聞いた限り、そんな身勝手な男性ではない。

「それには複雑な理由がありまして」

淀《よど》みなく話していた舞香の口調が重くなった。

「お話を聞いていて、とても素敵なご夫婦に思えましたが」

森内も彼女が話しやすいように口添えする。

「やっぱり歳の差なんですかね。夫婦関係を維持するのが難しいことが出てきて」

「別居みたいになったってことですか」

「それはないですが、最近は時計の仕事が忙しくなって、地方に行くこともあったので。

実際、些細《ささい》な喧嘩《けんか》からふらっといなくなったことが前にもあったんです。元からそういう性格なので」

「ふらっと海外ですか」

「はい。連絡がしばらくないと思ったら、二日後に『いいディールの連絡が来たのでバンコクにいる』と電話がありました。ディールとは取引という意味です」

「それで警察に『お金が入って、海外に出掛けたのかと思った』と話されたのですね」

「私としては仕事の可能性もなくはないと思ったんですけど……担当した警察官が誤解されたみたいで」

正確に言うなら「金が入って海外に行った」のではなく、「海外に行き金が入った」だ。言葉の聞き違いや解釈による勘違いがあるから警察の捜査、とりわけ二係捜査は難しい。

受け付けた警察官を責めるわけではないが、届けを出す家族の性格や、その時の動揺具合によって、受け取る判断は様々だ。彼女の場合、話し方からしてしっかりしている。それで家庭に事情がある家出だと誤解したのではないか。

「離婚する話も、もしかしてあったのですか」

信楽は確かめておく。

「可能性はなくもなくて、それはけっして嫌いになったわけでも、どちらかに好きな相手ができたわけでもないんですが」

なにか深い意味がありそうだが、彼女自身も言いづらそうだ。

「主人は、私に離婚して、他の相手を見つけて、再婚しろと言いました」

「どうしてですか」

「理由の一つは子供が欲しかったからです」

「網さんが、ですか」

「私がです。でも主人は、自分はもう歳だから、今からでは私と子供に迷惑をかけてしまう。それでも私は、今は百歳を超えても元気な人がいるんだからと説得したんですけど、そのあたりから主人が他の相手を探せというセリフが多くなって」

「確認ですが、網さんに誰かお相手がいたわけではないんですね」

「まったくありません。むしろ私の押しに負けて、結婚したのが奇跡だと思うくらい、恋愛に興味のない人です」

「そういう時はどういう結論に至るのですか」

「私が怒って喧嘩になることもしょっちゅうでした。ちょうどいなくなる直前もその喧嘩をしたんです。だから主人も怒っていなくなったのかなと思ったんです。私の方もそれならそれで好きにすればいいって、意地を張ってしまって。ただ三日も連絡がないとだんだん不安になってきて、それで警察に相談しました」

三日の時間差があった理由が克明に分かった。

「ではなぜ」

「渡航歴については警察は調べると言っていましたか」

「はい、親切な方で三日後に、調べたけど、ないと連絡をいただきました。渡航した記録はなかったと」

急に彼女の顔が曇った。日本人の場合、今は出国手続きが簡素化されたため、出国届だけで海外渡航を調べるのは困難だ。出入国在留管理庁に出入国記録の開示を求めることもできるが、基本は本人、または法定代理人、任意の代理人に限られているし、警察とて容易に調べられない。それでも連絡があったということは、手を尽くして調べたのだろう。ただ彼女にとっては余計に不安が募る結果となった。

メモを取りながら質問していた信楽は、プリントアウトした行方不明者届の中からアンダーラインを引いていた部分を思い出した。

「奥さまは行方不明者届を出された時、『今度は大丈夫だから心配しないでくれ』と網さんが言ったことも話されていますが、それはどういう意味ですか」

なにが大丈夫なのか。取引相手だけでなく、贋札《がんさつ》にも引っかかる言葉である。

「こんな私たちでも二週間に一度くらいは外食して、夫婦っぽいことをしてたんです。主人が仕事の話をするのはそういう時だけですが、その時に話していました」

「なにか以前にお金のことで失敗したように受け取りましたが」

「はい。以前、時計は売ったけど、卸先の倒産で手形が不渡りになったことがありました。その時の負債は小さなものでしたが、私と結婚する前にも同じ失敗をしていたので、私もさすがに『人が良すぎる』と注意したんです。主人は私に怒られると思ったのかもしれません」

不渡りか……残念ながら「今度は大丈夫だから」のセリフに、贋札は関係していなかった。

ただわざわざ大丈夫と言ったからには、今回は小さな取引ではないはずだ。

「確認ですが、ご主人は海外の古い時計を高く買っては、日本の業者にリーズナブルな価格で卸していたんですよね。騙《だま》されるほどの大きな取引もあるんですか」

少額でも塵《ちり》も積もれば山となる。そういうことかと思ったが、舞香の説明は違った。

「前はアンティークだけだったんですけど、五年くらい前、ある時計職人さんと旅先で知り合って、まったく売れなかったのを気の毒に思った主人が一本だけ買ってあげたんです。その時計はすぐに売れて、それで仕入れを増やしたところ、その時計は大ブレークしました」

「なんて職人さんですか」

「ゲルト・シュタルケさんです。ドイツ人ですけど」

一発では聞き取れなかったので、聞き直して、これで合っていますかと確認を取ろうとした。

その前に森内がスマホで確認して、この人ですね、と画面を見せる。

ゲルト・シュタルケの時計一覧と出ていた。最初にクリックした時計の価格は三百万もした。

「三百万の時計ですか」

　聞き取りは冷静にと心掛けている信楽でも声がうわずりかけた。

「三百万で買えるのは中古品や、傷があるなど程度が悪いものです。今は一千万円近く、今回、七月初めにミュンヘンで仕入れた時計は、千五百万くらいしたはずです」

「千五百万円の時計を一本仕入れるわけですね」

「一本ではありません。詳しい本数は聞いていませんが、一本だけのためにドイツまで行くことはないので」

　千五百万の時計を何本も仕入れる。いくら富裕層とはいえ、網にそこまでの資金があったのか。贋札が使用された匂いが漂ってくるが、その場合、網が贋札を使って仕入れたことになる。事件の本筋とは離れているような気がする。

　それまで表情を変えることなく話していた網舞香の目がうっすらと滲《にじ》んできた。夫がいなくなっても毅然《きぜん》としていたわけではない。刑事の前だから強がっていただけのようだ。

　ハンカチを出して涙を拭《ふ》く。

「ずっと現実感がなくて、『連絡せずに悪かった』と手を挙げて帰ってくるように思ってたんですけど、そんな日はもう来ない気がして。すみません」

「いえ、奥さまが心配なさる気持ちは分かります」

慰めるが、こういう時は話せば話すほど、言葉の重みに相手は心を痛める。

「我々の方でも調べてみますが、ご主人の仕事の記録はございませんか。取引先のリストとか」

「そういうのは主人が全部管理していたので、私は一切知りません。それに主人は記録していなかったかもしれません。時計ディーラーが本職ではないが主人の口癖でしたから」

「税務申告は」

「それは毎年きちんとしていました。ゲルト・シュタルケを扱うようになってからは本来なら税理士さんに頼まなくてはならない金額になりましたが、自分で確定申告して。最初の頃は窓口の税務署の方に、もう少し経費にできますよと、親切にされたこともあるくらいです」

「預金通帳もご主人が保有ですよね」

共働きの夫婦には珍しくない夫婦別財布の予感がしたが、彼女は「あります」と、ソファーの脇に置いてあったトートバッグから出した。

壁の時計を見る。すでに九時を回ったので銀行のATMサービスは終わっている、明日記帳してきてもらって、出直そうかと思った。

「刑事さんに言われた時に見せられるように、学校帰りに記帳してきました」

気を遣ってくれた彼女に感謝して受け取る。

開いてみる。生活費なのか小遣いなのか、週に一度くらいの割合で、数万円の引き出しがあったが、最後の出金は舞香が網と会った前日、つまり七月二十三日に三万円の引き出し。それ以降は出金も入金もない。

「通帳はほかには？」

「個人用のものがありますが、通帳もカードも持ち歩いていないので」

つまり網は七月二十三日から一ヵ月以上、銀行口座に手をつけていない。

これはますます事件の可能性が濃厚となった。

9

床に座らされている松田類のストマックにスキンヘッドの男の鋭い蹴《け》りが入る。

「うえっ」

松田類が悲鳴を上げて前に倒れる。

「おい、手が下りてるぞ。バンザイだ」

「は、はい」

弱々しい声で松田は姿勢を立て直して、両手をあげる。また蹴りが入った。腹が半分ほどに引っ込んだ松田の口から胃液が飛び出た、傍で観ていた気持ち悪さに廣澤俊矢は目を背けた。

松田の前に立ち、蹴りを入れている男は朝木成之《あさきしげゆき》である。俊矢よりふた回り以上は上の五十七歳だが、格闘技の選手のような鍛えられた肉体をしている。

蹴り一つにも迫力がある。それも当然で今は不動産や債権回収を生業《なりわい》にしているが、元は暴力団員だった。

松田類が千葉県内においてスピード違反で検挙され、その時に警官に暴力を振るって公務執行妨害で千葉県警千葉東署に連行された。

そのことを俊矢は、松田とよく通ったバーの店主から昨夜になって聞いた。

先々週の土曜、友人が経営する千葉のペンションに一泊で遊びに行くと言った松田だが、戻ってき次第、出勤すると言っていた日曜日、無断欠勤した。

俊矢に連絡があったのが日曜の夕方、〈仲間が飲みすぎで病院に担がれて、連絡できなくて〉と言い訳をしていたが、本人が搬送されたのでなければ、スマホ一つあれば伝えるのはなんてことない。

月曜日に出社した松田はどこか気もそぞろだった。これは怪しいと調べたところ、「スピード違反から公務執行妨害で捕まった類くんから身元保証人を頼まれて千葉まで行った」とバーの店主が白状したのだった。

ただの無断欠勤なら朝木を呼ぶこともせず口頭注意で終えた。

松田が警察に捕まったことを隠したのが気になった俊矢は、金庫に保管している金を確認した。紙幣計数機で一万枚、合計一億円を数えるのに往生したが、百万円の束の一つから、一万円札が五枚抜かれているのに気づいた。

すぐに朝木に相談し、今朝、朝木がオフィスにやってくると、一階の店舗から松田を呼び出し、拷問にかけている。他の店員には、大事な話をしているので絶対に二階に上がってくるなと伝えた。

「おまえ、廣澤社長に可愛がってもらいながら、店の金をちょろまかすなんてとんでもねえな」

「ちょろまかすなんて」

「おい、手が下がってきてるぞ。バンザイだって何度言わせたら分かるんだ」

「は、はい」

恐る恐る松田が両手を上げると、朝木の鋭い蹴りが、今度は脇腹を直撃、松田はあまりの勢いに後ろに倒れた。

「ふざけやがって、この盗人《ぬすっと》が」

「すみません、でも一枚も使っていません、地元の仲間と会うのに薄っぺらい財布では恥ずかしかったので」

起き上がりながら弁解する。

「使わねえのに持っててもしょうがねえだろ」

朝木はなぜか後ろを向いた。松田も気が緩んだのだろう。腹を押さえようと前屈《まえかが》みになった。そこに回し蹴りのローキックが飛んできたものだから、朝木の足が顔面を直撃、鼻血が噴き出る。

「朝木さん、顔はやめてください」

俊矢が注意するつもりで、手で朝木の柄シャツを摑《つか》む。

朝木に頼んだのは単純に自分の手を汚したくなかったこともあるが、松田も元半グレなので、開き直ってかかってこられたら手に負えなくなるからだ。

朝木とは古い付き合いで、興国商事時代、危ない相手との取引で、助けてもらった。それ以後、たまに会って、客を紹介してもらったりしていた。

あまり深入りしないように気を付けてはいたが、栗原から原版を預かった時に、真っ先に浮かんだのが朝木だった。この原版、朝木なら利用できるのではないか。そう悪知恵が働いたのだった。

朝木は、暴力団員だった若い頃、いわゆるビニ本、裏本と呼ばれるポルノ雑誌をシノギにしていた。そのため今でも印刷工場と付き合いがある。

印刷だけでなく、紙やインクにもコネクションがあった。

紙幣に使われているのは、中国を原産国とする落葉低木の三椏《みつまた》である。耐久性があって、水にも強い。

三椏だけを使っているわけではなく、三椏の白皮と、アバカ、いわゆるマニラ麻から取り出したパルプを機械で細かく刻み、水の中で解きほぐしていく。この塩梅《あんばい》が難しく、少しでも配分を間違えるとまるで違った手触りになる。

さらにインクは簡素印刷では再現が困難な色合いのものを混ぜている。それをインク部分が盛り上がる凸版印刷を含め、オフセット、凹版印刷の三種類すべてを使って印刷する。

すべての材料は朝木が調達した。工場も本や雑誌が売れなくなり、借金で苦しんでいるため、朝木が声をかけたら、引き受けたそうだ。

日本国内で、ひと目でわかるカラー印刷のものを除けば、偽札が出回らないのは、ドル札と比べて市場が小さいため、偽札を作っても割に合わないこともあるが、なによりも原版作りが難しいからだそうだ。だが原版をひと目見て、朝木は「これはいける」と感嘆した。なにせ栗原が持ち帰ったものは肖像画の丁寧さ、彫りの緻密《ちみつ》さまで、本物の印刷局員が作ったと思うほど完璧《かんぺき》だったからだ。

もっとも印刷した紙幣を利用して大儲《おおもう》けしているのは朝木であって、俊矢は五百万ほどの報酬を受け取っただけである。

ところが先日のことだ。

――もう用はない、金は処分する。

朝木は一億円分の偽札を捨てると言い出した。

だが俊矢は「朝木さん、俺に預からせてくれませんか。絶対に迷惑をかけませんから」と受け取り金庫にしまった。その偽札を、まさか片腕として信頼している松田が持ち出すとは、その時は思いもしなかった。

目の前では朝木によるリンチが続いていて、朝木は今度は松田の長めの髪を摑んでは頭上に引っ張り上げていた。バンザイして正座したまま松田の上半身が伸びていく。今にもビンタしそうな気配を感じた俊矢が「ここから先は俺がやります」と朝木を止めた。

店の金を持ち出したのだから、本来なら解雇すればいいだけの話だ。だが偽札と知って持ち出したとなれば、解雇はむしろ危険だ。

「なぁ、類はなんで金庫の金に手をつけたんだ？」

崩れた足を直して正座の姿勢に戻った松田の正面に立つ。

「なんでと言われましても」

「別にレジの金でもいいわけだろ？」

スーパーのようなレジがあるわけではないが、一階のバックヤードの引き出しには、買い取り希望の客のために、数百万の現金を用意している。

「レジの金だとバレると思って」

「違うだろ、他に理由があるんだろ」

嘘の理由を述べた松田に、俊矢は顔を近づけ問い詰める。

「いいえ、とくに理由はありません」

「いい加減なことを言ってんじゃねえよ」

そう言って朝木がやっていたように腹に蹴《け》りを入れた。少々の悪さはしても喧嘩《けんか》はしたことがなかった俊矢にとっては、人生で初めての暴力だった。

朝木ほどの蹴りの力はなかったが、みぞおちに入ったのか、朝木の蹴りと同じように松田は声を出して体を折った。案外気持ちがいい。ヤクザがすぐに人を痛めつけたがる気持ちが分かる。

「本当のことを言ってくれよ。俺と類の仲じゃねえか」

彼とは興国時代、週末に西麻布界隈《かいわい》で遊んでいた頃に知り合った。半グレの元リーダーだが、礼儀正しく、何度か奢《おご》った俊矢を立ててくるので、アンティーク時計専門店から高級時計店に店舗を拡大した時、麻布本店の店長にと引っ張ったのだった。

「なぁ、類、俺が朝木さんを呼んだということは、おまえが金の事情を知っていると分かってるからだよ」

最初は松田が知っていて持ち出したのか、それとも知らずに盗《と》ったのか、半信半疑だった。だが今日、松田の財布を確認したところ、この男は持ち出した金は一切、使っていなかった。そうなると、この男はすべて知っていると思った方がいい。

「すみません、社長が現金の足りない時でも、金庫の金を使わないことがあったので」

偽札だと知っていたと暗に認めた。

確かに買い取り客が次々にやってきて、用意していた現金が底を突いたことが一週間ほど前にあった。買えば利益が出る時計だったのに、あの時は涙を呑《の》んで諦《あきら》めた。

「それで？」

はっきりと松田が口にするまでは自分からは言わない。

「ですから、特別なお金だと」

「特別なお金とは」

「ですから、その」

「その、なんだよ」

「偽札だと」

そこで再び蹴りを入れた。今度は松田の肋骨《ろっこつ》に当たった。松田も苦しがったが、俊矢も机の角に小指をぶつけた時のような痛みを感じた。けんけんして飛び跳ねたかったが、顔は歪《ゆが》めずに我慢する。

「それを知って、ネコババしたのか」

「だから使わなかったんですよ」

「使わなくても、持ち出すことが危険だとは思わなかったのかよ」

偽札だと認めてしまったが、すでに知られているのだからどうでもいい。

「旅行から戻ったらすぐに返すつもりでした」

「よく言うぜ、一週間も経つのに返却しなかったくせに。五枚くらいバレないと思ったんだろ」

「それは……」

唇がわなわなと震えて、何も言えなくなった。

「警察《さつ》に捕まったんだろ。公務執行妨害だって。おまえが暴れたってことは、自分で危険なものを持っているって明かしているようなもんじゃないか」

「それは大丈夫です。警察は自分がヤクを所持してると勘違いしたみたいですから。尿検査もされましたし」

松田は瞳《ひとみ》が飛び出すほど目を開いて、見返してくる。

「ならどうして釈放されたんだ？」

「尿検査で陰性だったからです」

「おまえは公務執行妨害でしょっぴかれたんだろ」

「逮捕はされてません。それに警察署では自分は反省した態度を見せました」

「反省したら許してくれるほど警察って優しいのか。おまえ、半グレ時代、何度も世話になってんだろ」

逮捕歴もあるし、少年院にも入っている。

「たまたま今回、自分は運が良かったんだと思います」

滝のような汗が床に落ちていく。朝木が現れたことで、このまま消されると怯《おび》えている。松田も必死だ。

「ほら、類、朝木さんに言われたろ。バンザイだ」

「は、はい」

両手が上がると、俊矢はもう一度蹴りを入れる振りをした。

松田は目を瞑《つぶ》ったが、俊矢は蹴る寸前でやめた。今さらではあるが、やはり暴力は後味が悪い。

「朝木さんはどう思いますか」

顔を腕組みして立っている朝木に向けた。九月なのにタンクトップ一枚の朝木は、二の腕の太さや胸の厚みが分かる。

「サツが気づいていたら釈放はされてないとは思うけどな」

「それだといいんですけど」

「泳がされてる可能性もあるけどな」

その言葉には心臓が跳ねた。泳がされているとしたら、早朝に松田を呼んで、朝木が来たのも警察に筒抜けになっている。

一旦《いったん》落ち着けと俊矢は自分に言い聞かせた。

原版を持ってきたのは栗原だ。印刷して、商売に利用したのは朝木である。

ただし俊矢も一度だけ使ってしまった。その一億円の偽札は今、この部屋の金庫にある。

そこまで考えて一つだけ疑念が浮かんだ。

「まさか朝木さん、他にも刷って、使っていませんよね」

「そんな危険なことするわけねえだろ」

凶暴さが滲《にじ》み出ている目を俊矢に向ける。

ムキになったところが怪しいが、この男はただの元ヤクザではない。頭のいい元ヤクザだ。偽札を使用する危険性は知っている。

「そうでしたね。商売というのはどれだけ現金を持つかに意味がある。使う必要はないと、朝木さんは言ってましたものね」

「ああ、とくに俺みたいな商売はな」

地上げ屋、債権回収のとりまとめという意味だ。

「だけど廣澤社長も悪いんだぞ。俺が処分すると言ったのを、あんたが貸してくれと言ってきたから、おかげで俺まで余計な仕事をさせられた」

「それはお礼をしたじゃないですか」

「使えない時計じゃ、礼にはなんねえよ」

また始まった。ゲルト・シュタルケではなく、現金を寄越《よこ》せと言っているのだ。耳にタコができるほど聞かされた。

「廣澤社長は、こいつをどうするつもりよ」

松田の膝《ひざ》に片足を載せて、朝木が聞いてきた。体重をかけてぐりぐり押すのを、松田は歯を喰《く》いしばって耐えている。

「クビで片づけるわけにはいかないでしょうね。こいつは重大な秘密も知ったわけですし」

「じゃあ、こいつも殺して焼くか」

「やめてください、助けてください、もう二度としませんから」

松田は悲しげな目を朝木と俊矢に向けて命乞《いのちご》いした。

「朝木さん、こいつもなんて言うと、俺らがやったことがあるように聞こえますよ」

これ以上、秘密を知られるわけにはいかない。

「そうだな。今のは忘れろ」

「はい、なにも聞いていません」

まるで知っているような口振りだが、俊矢たちがなにをしたかまではこの男は知らない。

「廣澤社長がそう言うなら、今回は見逃してやるしかないな」

散々手を出しておいて、朝木は恩着せがましい。

「ありがとうございます。これからも社長と朝木さんについていきます」

調子のいいことを言う。こういう軽さが信用できない。だが、最初から分かっていてスタッフに呼んだのだ。高級時計を売るにはなまじ真面目な人間より、調子のいいヤツの方が適していると。

「警察に連行されても口を割らなかったわけですしね」

「はい、社長。絶対に話さないつもりでした」と松田。

「分かんねえけどな。昔のサツみたいに、暴力で自白を強要してきたら、ゲロったかもしれないぜ」

「そうなのか？」

俊矢は松田を睨《にら》みつける。

「とんでもないです。殴られても蹴《け》られても喋《しゃべ》らなかったです」

「だけど今日は秘密を知っていると、いともあっさり喋ったじゃねえか」

「それは……」

また蹴る振りをした。だが喧嘩《けんか》慣れしている松田は振りだと分かったのか、目も瞑らなかった。

舐《な》められたようで業腹だったが、そこで一つ、この男に大きな制裁を思いついた。

「そうだ、類、おまえ、ゲルト・シュタルケの限定のミニッツリピーター、欲しいって言ってたよな」

「えっ」

松田の顔色が変わる。

「類に譲ってやるよ、値段は千八百万でいいわ」

そう言って金庫を開け、三つ並んでいた時計ケースの一つを取り出す。これで残り二個になった。

「これは朝木さんも持っている。おまえも朝木さんと契りを交わした関係になったわけだ」

言いながら契りを交わすなんてヤクザみたいで知性がない気がした。それでも秘密を共有したと改めて口にするよりいい。そんな言い方をすれば松田を怯えさせるだけだ。

「自分には千八百万なんて大金、支払えません」

「いいよ、給料から天引きしてやるから。六十回払い。それじゃ支払えないだろうから百二十回でもいいわ」

「それだと……」

計算を始めるが、勉強が苦手な松田の暗算では追い付けない。

「ボーナスなしなら、毎月十五万円、年二回のボーナス払いをつけるなら、月七万五千円」

「そんなに払ったら、俺の生活費が」

「なにが生活費だよ、俺は類には結構な額を払ってるぞ」

給与制だが、一定数を販売すると報奨金をつける。毎月報奨金を獲得している松田の年収は、この時計の仕入れ値と同じ千五百万はいっている。

「大丈夫だよ、数年経てば、プレミアがつくから、類はあんな素晴らしい時計を譲ってくれたと俺に感謝することになる」

「は、はい」

「だけど類に渡すと、調子に乗って着けるだろう。そうなると時計に傷がついて、価値が下がるから、俺が金庫で預かっておくよ」

「それじゃあ……」

意味がないと言おうとしたようだが、口にしなかった。

今回のことを機に金庫も替えるつもりだ。二度と松田には開けさせない。

「だけど廣澤社長、せっかく高く売れる時計を、なんでこんなやつに売るんだよ。数年で億の価値がつくんだろ？」

朝木が首を傾けた。報酬として渡した朝木にも、栗原に言ったのと同じ説明をした。

「その理由は今度ゆっくり話します」

「なんだよ、改まって、まぁ、いいや」

案外素直に引き下がったことで、俊矢はまた疑念が生じた。

「まさか朝木さん、あの時計、売ったりしていませんよね」

「価値が上がるまで売るなと社長が言うから、大事に保管してるよ」

再び疑われたことに、朝木の口調が雑になった。だが今度は俊矢が遠慮しなかった。

「腕に着けて、人に自慢したりはしてませんよね」

「してねえって。俺の周りはロレックスは知ってても、ゲルト・シュタルケなんて誰も知らねえから」

そう言って左手にしていたけっしてセンスがいいとは言えない金無垢《きんむく》ダイヤつきのロレックスを見せた。

これも俊矢が相場より大幅に割り引いて売った五百万クラスの高級品だ。ジュビリーダイヤルなど派手な時計は買い手が限定される。長期在庫となるため、損してでも手放しておきたかった。

「それなら安心しました。見せたら、必ずどこで買ったんだって聞かれますからね。うちにはまだ二本ありますから、あれを市場に出すだけでも価値が下がります」

「なにせ世界限定二十本のうち、五本を廣澤社長は手に入れたんだものな」

「その通りです」

息を吐くように自然と言葉は出たが、胸はきりりと痛くなった。

ふと目をやると脇腹を押さえた松田が顔を歪《ゆが》めていた。肋骨《ろっこつ》が折れているのかもしれない。

「類、体も痛いだろうから今日は帰っていいぞ。ただし家からは一歩も出るなよ。湿布張ってれば治るから」

「はい、病院には行きません」

「病院なんて当たり前だよ。誰に迷惑がかかると思ってんだよ」

俊矢は怒鳴りつける。「自然治癒が一番ですよね。ねっ、朝木さん」

「ああ、今日は手加減したけど、次は容赦しねえぞ」

朝木も脅しをかける。

松田はなかなか立ち上がれなかった。

朝木の蹴りが効いているが、知らぬうちに千八百万もの借金を背負わされたことも、大きなダメージになっている。

10

通勤途中、信楽の目の前に中央新聞の向田瑠璃が立っていた。

おお、と声が出た。

現状では網章一の失踪《しっそう》に事件性はあると見立てても、本格捜査に着手する糸口が見当たらない。

こうした時に役立つのが外部の情報だ。信楽は基本、マスコミの情報はアテにしないが、不思議と中央新聞の記者は、こうした行き詰まった状況からの取っ掛かりを持ってくる。

「おはようございます」

近づくと向田が挨拶《あいさつ》してくる。

「おはよう、切れ者の切れ者」

いつもの調子で返す。

「信楽さん、ランニングでも始めたんですか」

「ん？」

朝、走っているのを見られたのかと思った。それはちょっと恥ずかしい。

「靴が」

そう言って足元を見られる。いつもは黒の革靴を履いているが、今日は夕方から雨が降るとあって、スニーカーで来た。Ｏｎというブランドのランニングシューズだ。

ランニングを始めたことを認め、ネットでどれを買おうか森内に相談したこと、大学までサッカーをやっていた森内からは「ボールを蹴ることでも走ることでも足が一番肝心ですから、ネットでなんか買ったらダメです。ショップに行き、何足も試し履きをして一番足に合ったものを買うべきです」と叱られたことまで話した。

森内は仕事帰りに店までついてきてくれた。店員はオーソドックスな初心者用の靴を薦めてきたのに、「凝り性だからきっとすぐ速いペースで走ってしまいます」と反発力が強く、ソールが空洞になっているこのブランドの靴を選んでくれた。

「そんなことよりも、切れ者の切れ者がここに来たということは、千葉県警の捜査についてなにか情報があるんでしょ。話してくださいよ」

横道から話を戻して向田に催促する。

「残念ながら、収穫と言える話はないんです」

「そうか」

こちらもようやく網章一の妻に会えた程度なのだから、それ以上の進展を記者に求めるのは酷か。

「でも千葉県警の二課長に会ってきました」

「二課長？　あなたが会ったのか」

「はい」

驚いた。彼女は本社の記者であるため、千葉県警の記者クラブには入っていない。

「なにを訊《き》いたんだね」

「もちろん偽札についてです」

「偽札のなにを？」

「偽造紙幣だと分かっていて、なぜ釈放したのかと尋ねました。普通、偽札をどんなものか調べたいと思うじゃないですか」

「まさか、あなた」

この記者も二課が、松田類の贋札《がんさつ》をすり替えたのを疑っているのかと思った。

「まさか、ってなんですか？」

彼女はキョトンとしていた。惚《とぼ》けているだけかもしれないが、知らないなら臆測《おくそく》で伝えるべきではない。「なんでもないよ」と答える。

「釈放理由どころか、偽札なんて知らないと白を切られました」

「取材した警察官は間違いなく贋札だと話したんでしょ」

「その人に迷惑がかかるので、私は言わなかったです。ネタよりネタ元を守ることの方が大切ですので」

「最初から全否定するくらいなら、二課長はどうしてあなたの取材を受けたんですか」

「どこまで摑《つか》んでいるかを知りたかったんじゃないですか。私が匂わせるような話をしたので」

「匂わせるとは？」

「真偽を鑑定する人が千葉東署に出入りしていたらしいですね、とか。千葉の鑑識に、偽札のスペシャリストがいるようですねとか」

「そこまで調べたのか」

「全部ハッタリです」

「ハッタリをかましたのですか？」

真面目な向田とその語句がどうにも合わない。

「そうしないと口を割らないと思ったのですが、想像以上に手ごわかったです。まだまだ甘いですね」

手ごわかったのは彼女のせいではない。警視庁の吉光二課長から厳命されていたからだ。

「いっそのこと、千葉の課長に言ってやろうかと思ったんですけどね。上川畑《かみかわばた》くんって知っていますかって？」

「今、あなた、なんて言いました？」

くん付けだったので勘違いかもしれない。だがその苗字で知っている人物は一人しかいない。

「上川畑警視総監です」

予想は当たっていた。

「あなた、総監と知り合いなのですか」

向田は父親が大学教授だと聞いていたから、親を通じて知人なのかと思ったが、知っているのは彼女ではなかった。

「うちの支局長です。前回、ランチご馳走《ちそう》になった時、『上川畑くんは元気してる？』って聞いてきたので」

「その支局長って、例のマダムですね」

「はい、原千恵美元特派員です」

「パリやロスで特派員をやっていたと話していたけど、警察庁も担当していたのですか」

「社会部にはいましたけど、事件取材はせずに数年で外信部に異動になりました。本社では警視庁も東京地検もやっていませんが、特派員になるような語学堪能《たんのう》な記者でも、最初は地方支局に行かされ、他の記者と同じようにサツ回りをやるんです」

「そこで総監と知り合ったのですか？」

「はい、キャリア三年目くらいに、その県警本部に新人で入ってきたのが上川畑総監だったそうです」

「その支局長って、何歳ですか」

「六十五歳です」

総監は六十三歳だから、年齢的にも合う。

「総監が警察庁の次長だった頃、インターポールの会議とかでフランス出張があったそうです。その時、十年振りくらいにご飯を食べたと言っていました」

「警視総監をくんづけするなんて、その支局長もなかなか豪快ですね」

「私の前だけで、本人の前ではちゃんと立てて話していると思いますよ。でも素敵なマダムなので、言い方は独特ですけどね。『上川畑くんは元気している、ホホホッ』って感じで」

その後にごきげんようでもついてくるような、独特な言い方で向田は口に手を当てた。

その通りの女性なら、警視総監も頭が上がらないかもしれない。

いきなり警部補からスタートするキャリアは、最初に配属された県警本部では、右も左も分からず苦労する。

県警によってはキャリア様に傷がつかないように大事に扱うが、それゆえ、仕事も与えられずに、疎外感を覚える。

現大阪府警の増永もそうで、警視庁に来た頃はお客さん扱いで、つまらなそうだった。

そこで信楽が二係事件の端緒を見つけ、捜査を手伝ってもらった。そこから急に活《い》き活《い》きと仕事を始めた。警察庁と警察本部の違いこそあれど、法を犯した人間を検挙するという志は同じだ。一部の出世しか考えていない警察官僚を除けば、キャリアだって捜査に加わり、困難な事件を解決したいのだ。

おそらくその支局長は、上川畑警視総監がおどおどしていたのを見かねて声をかけたのだろう。警察官僚も人間である。まだ半人前の時分に助けてくれた人は一生覚えている。

「さきほどあなたは、いっそのこと千葉の課長に言ってやろうかと思った、と言いましたよね。ということは言わなかったんですか」

「遠慮しときました。言った方が良かったですか？」

内心は言ってギャフンと言わせてやればよかったと思った。言えば千葉の二課長は記者からこう言われましたと吉光に報告する。吉光までもが、警視総監に告げ口をされるとびくびくする。

だが向田は笑っているから、最初から言う気はなかったのだろう。

その日はそれだけで会話が終わった。


刑事部屋の自席につくと、森内が既に到着をしていて、網章一に関わる他の端緒がないかデータベースを調べていた。

森内に進展具合を尋ねようとしたのだが、そこに泉が駆け足でやってきた。

「どうしました、泉管理官」

後輩だが、階級が上なので、刑事部屋のような人前では丁寧語を使うようにしている。

「部屋長、面倒なことになりました。捜査一課長のもとに、二課長が直々にやってきました」

「なにを言ってきたんだ」

「信楽巡査部長が捜査妨害をしていると」

「捜査妨害って、うちは自分たちの捜査をしてるだけだぞ」

言葉遣いどころではなくなった。ただ網章一の妻に会いに行っただけだ。

「なんの捜査妨害だと言っているんだ」

「それは言わなかったそうです。というか一課長も訊けなかったみたいです」

「訊けなかったって、同じ警視正じゃないか」

「同じでも全然違いますよ」

捜査一課長は叩《たた》き上げ。一課長がゴールのようなものだ。対して二課長はまだまだ出世登山の五合目あたり。将来はそれこそ上川畑氏のような警視総監、序列ではその上を行く警察庁長官になる可能性だってある。

「それで一課長が話をしたいと」

「俺にか」

「はい、至急来るようにと」

捜査一課長からは訓示を聞くことはあっても、こちらから話しかけることはない。ただの巡査部長である信楽は、制服を着ていれば制帽に敬礼、私服ならお辞儀をするだけだ。

「分かったよ、行くよ」

そう言ってから足元を見た。

「森内、悪いけど、靴を貸してくれないか」

「いいですけど、僕の足だと少し大きいですよ」

「それでもランニングシューズで一課長のもとに行くよりマシだろ」

森内の革靴を借り、泉とともに大部屋とは廊下を挟んで反対側の、捜査一課の幹部部屋に向かった。

捜査一課長に自分たちがしている捜査の正当性を訴えるが、まったく響いていなかった。

「行方不明者届と最近逮捕された勾留《こうりゅう》者との端緒を見つけて、そこから取調べに入るのが二係捜査のはずです。勾留されていないのにどうして捜査してるんですか」

吉光と同じことを言う。

鑑識畑が長く、歴代の捜査一課長でもハト派と言われているこの捜査一課長は、口調こそ柔らかいが、その一方であまり刑事らしさを感じない。

いまどき、怒鳴り散らす昔ながらのパワハラ上司は問題だが、それでもこうした「調整型タイプ」より、「剛腕タイプ」の方が捜査一課長に合っている。

一課長というのは捜一刑事の憧《あこが》れでなければならない。親分が上の評価ばかり気にしていては、捜査員の士気が下がる。

「所轄に連行されたのは事実です。うちの捜査二課が指示しなければ、千葉県警は逮捕し、勾留していたはずです」

「でも二課長は、贋札《がんさつ》捜査を否定しているんですよね」

捜査状況について言えないからに決まっているじゃないですか、一課長だって分かってるでしょう……反論したいのはやまやまだが、口にするほど信楽は非常識ではない。

腹が立つのは一課長の言い分だけではなかった。信楽は一課長の顔を見て話している。一課長も聞く時は、信楽の顔を見る。

なのに言い返す時は泉に顔を向けて話す。

まるで平刑事とは口も聞けないとでも言いたげだ。

捜査に関わっていない泉だけに、言われても困惑するだけである。

警察という組織には時々、こうした昔のお殿様と町民のような関係が存在する。

若い頃は、階級があるからといって直接指示を出さないのはいかがなものか、こんな周りくどいことをやっているから、指示が誤って伝わり、初動捜査が遅れるのだと苛立《いらだ》った。それが歳をとって、曲がりなりにも組織というものが分かってきた。

これこそが警察のヒエラルキーである。

課長が平刑事にいちいち指示を出し、それに平刑事が異議を唱えるようなことがあれば、組織の統率は取れない。だから一課長もあえてこの場に信楽がいないかのように、泉を通して会話をしてくるのだ。とはいえそれは大勢の前での話であって、三人しかいないのだから、直接信楽に話せばいいと思うが。

「承知しました。くれぐれも二課に迷惑をかけないようにいたします」

捜査をやめるとは言わなかった。だが迷惑をかけないだけでも、吉光に言われた「松田に触るな」と重なり、がっかりくる。

「一課の範囲内でやってください」

一課長は最後まで泉に向かって話した。

「では失礼いたします」

挨拶《あいさつ》するが、一瞥《いちべつ》することもなく、机から書類を出して、ハンコを突き始めた。

組織というものが分かっているつもりでも、こういう態度をされると、やはり寂しい気持ちになる。

11

山田千秋から穂積に連絡があったのは、ドライブしてから二日経った月曜日の昼の時間だった。

〈明日の夜、会えませんか〉

午前中に特殊アルミニウムを製造する会社から、新規の販路を開拓したいとコンサル契約を結んだ後だった。穂積のテンションは上がっていて、もちろん即答した。

一応、泊まってもいいように着替えをリュックに入れた。あれだけ好き放題言われたのだ。一回くらいやらせてもらってもいい。腕にもちろん、ゲルト・シュタルケを嵌《は》めた。

千秋が目をきらきらさせて話していたせいか、マットブラックの時計が、ブラックパールのように輝いて見える。

時計の裏はスケルトンになっており、小さな歯車が動く様が見て取れる。構造は分からないが、本物の時計マニアには、天才時計技師による新しい技術がふんだんに取り入れられているのが、見て取れるのだろう。

左手のシュタルケが気になって昼間は仕事に集中できなかった。以前、廣澤から「時計は気を付けていても、どこかにぶつけて傷がつくんだよ」と注意された。

その言葉を思い出してからは、ケースに入れてバッグにしまった。

シェアオフィスなので金庫もない。早くオフィスを借り、従業員も雇って、事業を展開したい。その時は金庫も買おう。廣澤のオフィスのような二重ダイヤルの厳重なものは無理だが、金庫をけちっては意味がない。

千秋と待ち合わせをしたのは日比谷《ひびや》の喫茶店だった。

商談で使ったことがある。席の一つ一つがパーティションのようなもので仕切られ、プライベート空間が保たれている。ただしコーヒー一杯が千五百円もするため、商談相手に指定されて利用したのが一回あるだけだ。

商談のない普段は、カジュアルな服装で過ごすが、二度とダサいと言われてたまるかと今日はスーツを着てきた。

店に入って店員に「山田さんで予約が入っていると思うんですけど」と言うと、中に案内される。

「ここだよ、栗原さん」

千秋は先に着いて手を振っていた。

茶髪の髪の毛が、美容院にでも行ってきたように縦に巻かれている。洋服は胸の開いたロングドレスだ。ハロウィンかと思った。

驚いたのはそれだけではなかった。

千秋の隣に中年男性が座っていたのだ。年齢は五十前後。髪は黒々とし、顔や腕はゴルフ焼けしていた。

「こちら、島田《しまだ》さん、投資会社の社長さん」

訳が分からず呆然《ぼうぜん》としている穂積の前で、中年男性が立ち上がって名刺を出した。穂積も本能的に名刺を出す。

聞いたこともない横文字の会社で、役職はCEOになっていた。

「はじめまして。栗原さんは興国商事にいたんですってね。私も前職は興国銀行だったんですよ。同じ興国財閥出身ですね」

馴《な》れ馴《な》れしく喋《しゃべ》ってきたが、上から見ているのはそこはかとなく感じる。

投資会社は相当儲《もう》かっているのだろう。ダブルのスーツ、ソファーの横に置いてある見るからに高そうな革のブリーフケース、所有しているすべてが高級品だ。

「人を呼ぶなら最初からそう言ってくれよ」

穂積は千秋に向かって囁《ささや》いた。島田にも聞こえている。

「すまない。私が彼女に会わせてくれと頼んだんだよ」

そう説明した島田の左手の時計が目に入った。それもまた一見して高価なオーラを放っていた。島田というこの男がどうして千秋に自分に会いたいと頼んだのか、その時になってすべて飲み込めた。

「島田さんは山田さんとどのような知り合いですか」

想像はついたが尋ねてみる。

「彼女が私がよく行くお店で働いているんだよ。知り合って四年になるかな」

「いやだ、七年ですよ。私が大学生の時からだから」

隠すことなく千秋も答える。なんだよ、水商売じゃねえか。横目で睨《にら》むが、彼女はけろっとしている。

出勤前に穂積を呼んだということは正体がバレても構わないと思っているのだ。この後、島田と同伴出勤するのだろう。

「なにが元会社員だよ。嘘ばっかり言いやがって」

「会社員と兼業してたのは本当だもの。新卒で入って半年間だけだけど」

開き直る。

「まぁまぁ、良かったら栗原さんも案内するから。ジュリちゃんの店は一見《いちげん》さんお断りだから、私が紹介しないと入れないから」

「僕はクラブとか行かないんで」

「なに言ってるんだよ。コンサルをやってんだろ？　これから大事なお客さんをたくさん捕まえなきゃいけないじゃないか。銀座《ぎんざ》の高級クラブの一つ、二つ、顔が利かないと大きな仕事は取れないぞ」

いつしかフランクな物言いになっていた。島田は手を振りながら喋るため、自然と時計に目が行く。その視線に気づかれた。

「ああ、きみも時計が好きなんだったね。これ、触ってみる」

そう言って役者が舞台で腕輪でも取るように、大袈裟《おおげさ》に左腕を持ち上げ、ブレスレットになった時計を外した。

渡そうとするので受け取るが、掌《てのひら》に載った瞬間に重みで手が下がった。

ダイヤルを見て驚く。穂積が着けてきたのと同じ書体が書かれてある。

「ゲルト・シュタルケだよ。世に出て間もない無名時代のもの。当時はまったく注目されてなかったんだけど、フランクフルトの時計店で目に留まって、一目《ひとめ》惚《ぼ》れして買ったんだ。手に取った瞬間に、この時計技師は間違いなく世界を取ると思ったね、当時は百万もしなかったけど、今はオークションで一千万円の値が付く。テンバガーだよ。私はいくらでオファーされても売るつもりはないけど」

百万円の時計が一千万になった。それもまたすごいが、無名だった時計職人が、今は世界でもっとも注目を浴びるようになったのも衝撃だった。ただし、自分はもっと高い値段の時計を持っていると思うと、驚きも泡となって弾《はじ》けていく。

「あなたも約束した通り、シュタルケの新作を着けてきてくれたようだね。早速見せてくれないか」

あんたとは約束なんかしてないよ、愚痴りながらも、しぶしぶと左腕から外す。穂積のものは尾錠《びじょう》式なので、外すのも面倒だ。

傷つけないでくださいよ——そう言おうかと思ったが、そんな貧乏くさいことを言えばますます見下されそうだ。

手にした瞬間、島田は「ほぉー」と感嘆し、その後はポケットから携帯のルーペを出して、ダイヤルを見つめる。さらに裏返してスケルトン仕様になったムーブメントを確認する。

「ねえ、島田社長、私が言った話、本当だったでしょ」

横から千秋が口出しするが、島田は耳も貸さずに凝視している。千秋の腕にはダイヤ付きのフランク ミュラーが輝いていた。島田に買ってもらったのだろう。どうりで時計に詳しいはずだ。

「ミニッツリピーター、鳴らしていいかな」

「どうぞ」

側面のボタンを操作すると、カーン、ティン、ティンと鐘の音を奏で、七時十六分であることを知らせた。

「さすがシュタルケだな。音色まで美しい。この音を聞くだけでも、三杯は酒が飲めるよ」

クラシック音楽でも聴くように島田は目を瞑《つぶ》って聞き入っている。

穂積としてはとっとと返してもらい帰りたかった。どんな店か知らないが、知らない男の奢《おご》りで、クラブに行くつもりはなく、パーティーで清楚《せいそ》系だと騙《だま》された千秋が男になびく姿など見たくもない。

もういいですか、そう言おうとしたが、島田に機先を制された。

「栗原さんはいくらでこの時計を買ったの？」

時計を見ていた目で見つめられ、穂積は気圧《けお》されそうになる。

「いくらって、それはまぁ」

値段を言うべきではないという本能が働き、言い淀《よど》む。

「千八百万円くらいかな」

島田が視線を動かすことなく聞いてくる。廣澤が最初に話した額だ。

黙っていると「いや、二千万はするな」と勝手に言い直した。

穂積は顔色を変えないよう注意した。チリの鉱山では、世界のバイヤー相手に駆け引きをした。取引は口でするものではない、顔でやるものだ。

「栗原さん、この時計、私に売ってくれないか」

「それはできません」

即座に拒否した。廣澤から転売するなと言われているのだ。だが穂積の言葉など聞いていないかのように島田は続けた。

「二千五百万を出すよ」

「えっ」

平静さを装う仮面など一瞬で剝《は》がされた。

まだ購入して日が浅いのに一千万円値上がりしたのだ。いや、購入したといっても、デイトナを下取りに出しただけで、一回目のローンの支払いも来ていないのに。

「いくらシュタルケの限定品でも、ここまでの金額を出す人は、他にいないと思うよ。業者だったらあなたの買値より叩《たた》かれる」

ブラフをかけてくる。こういうやりとりも興国商事で経験済みだ。とくにアメリカの会社はエグくて、銅山を売るにしても一・五倍くらいの額を提示しておき、そこから下げていき、真ん中くらいで折り合おうとする。だから穂積も買値は半分くらいからスタートした。

「いいえ、売れません」

返してほしいと手を伸ばした。島田は返却してくれたが、諦《あきら》めてはいなかった。

「二千六百ではどうかな」

「無理です。というか、この時計は気に入っていて、売るつもりはないので」

勝手に売れば廣澤に怒られる。だが断れば断るほど、穂積が値段を吹っかけていると島田は勘違いしているようで、値段を上げてくる。

「二千八百万」

百万単位だと思っていたのが、急に二百万上がり、穂積の張りつめていた心が揺れた。駆け引きは南米でいくらでもした。だがたかが腕時計で、しかも買って間もないと思うと、冷静でいられなくなる。

値上がり幅はすでに千三百万だ。本業のコンサルの数か月分の売り上げである。さすがに耳奥で悪魔が囁く。廣澤に内緒にしておけばいいだけではないか。おまえが言わなきゃバレないぞ——雑誌に世界限定二十本と書いてあったが、島田が所持しても、穂積が売ったことには結びつかないだろう。今も持っていると言い張ればいいだけだ。

廣澤から売るタイミングが来たから俺に販売を任せろと言われたらどうする？　その時も問題はない。気に入っているからしばらく持っておきたいと断ればいいだけだ。なにも預かったわけではない。自分で買ったのだ。売ろうが売るまいが俺の勝手だ。

悩んでいるように見えたのだろう。「実は私がこれまで所有してきた一番高い時計は、リシャール・ミルで、その額は一億円だったよ」と島田は顎《あご》をもたげた。

一億円なんて、廣澤の店にも置いていない。

「リシャール・ミルは、F1の技術を時計に落とし込んでいる、工芸品のレベルでは収まらない技術者だからね」

自慢してくるが、そんなブランドも、この世に一億円の時計が存在するのも知らなかったのだから、なにを言われようが、羨《うらや》ましいとも思わない。

「フランク ミュラーがブレゲの再来と言われて現れたのが九〇年代。その後、神の手を持つ天才時計師が数多く誕生したけど、おそらくゲルト・シュタルケが最後であり、複雑時計の到達点だと言われているからね。しかもシュタルケは孤高の時計師と呼ばれるくらい、ほぼ一人で製作している。あっ、いかん、いかん、そんな説明をしたら、ますますきみは、高く売りたくなっちゃうな」

「いえ、僕は本当に売るつもりはないので」

「きみも役者だねえ」

「演技じゃないですよ」

「さすが興国商事だ。興国銀行の行員はそこまではできない。興国財閥でも商事がもっともあくどい、失礼、食わせ物揃いと言われているものな」

失礼な言葉を組み込んできた。こういうのも交渉でよく使う手である。相手をカッとさせて、冷静な交渉能力を失わせる。島田は本気で、買える脈があると思っているようだ。それとも無理だと分かっていても、なにがなんでも欲しいのか。

「あまりにすごいものを見せられて、私も冷静さを失ってしまった。ちょっとお手洗いに行って、落ち着いてくるよ。ジュリちゃん、前を失礼」

千秋の前を通って、トイレ方向に歩いて行く。

姿が見えなくなってから、穂積は千秋に顔を向けた。

「まさかキャバ嬢だったとはな」

「なに聞いてんの。銀座でもトップクラスのクラブって島田社長が説明してたじゃない」

口をすぼめて言い返してくる。

「高級クラブがそんな安っぽい恰好《かっこう》しないだろ」

「するよ、若い子は」

「若くないだろう、ジュリーちゃんはアラサーだし」

「ジュリーじゃなくて、樹里《じゅり》ね。耳聴こえてる？」

「源氏名なんてどうでもいいよ、本名は山田千秋だもんな。あっ、今俺の脳裏で田んぼの上をトンボが飛んでったよ。東京では見られないまっ赤な夕焼け空を」

古い名前だと揶揄《やゆ》した。まんまと騙されたのだ。これくらい言い返してもいい。

これだけ失礼なことを言えば怒るかと思ったが、今日の千秋はやけにおとなしい。

「ねえ、栗原さん、お願い、島田社長に売ってあげて」

拝まれて懇願された。

「俺が売ったら、ジュリちゃんにはいくら入る約束になってんだよ」

「報酬なんてもらわないよ」

「なら、どうしてそこまでして頼むんだよ」

「最近、社長に他のお店でお気に入りができて、うちに来てくれなくなったの。今回の取引がうまくいったら、前みたいにしょっちゅう行くって約束してくれたから」

なるほど。島田に飽きられ、売り上げが減って店に居づらくなった。それで水商売から足を洗おうと考えた。そうでなければ、髪を黒く染め、清楚系の服まで着て婚活パーティーにやってこない。

「ねえ、栗原さんだって、遊びたいだけの都合のいい相手を探してるんでしょ。お店で余ってる可愛い子、紹介するよ。女子大生のくせに裏引きしてるから、指名してあげたら今日からでもいけるよ」

「俺は真面目に結婚相手を探してあのパーティーに参加したんだ。誰かさんと一緒にするな」

「嘘ばっかり。こっちは一応プロですからね。男がなに考えているかくらい、分かるから。今日だってその大きなバッグ、泊まり道具が入ってるんでしょ」

「ぐぐっ」

こんな薄っぺらい女に心の中まで見破られたことが恥ずかしい。

トイレから出て電話をしている島田の声が聞こえてきた。仕事の電話かと思ったが、「最後の限定品を見つけたんだよ」と言っているから、コレクター仲間と話しているようだ。

「そうだよな。絶対に手に入れるべきだよな。二度とお目にかかれないかもしれないものな」

　電話を切った島田が戻ってきた。

「栗原くん、三千万を出すよ、これが最終オファーだ」

　絶対に逃がさないぞと視線で拘束するかのように、瞬《まばた》き一つせずに、真剣なまなざしを向けてくる。

　地震発生なら間違いなく棚から物が落ちるくらい心がグラグラした。

　だがその揺れも冷静に考えたら収まった。なにも今売ることはない。一週間で倍になるなら、放っておけばもっと値上がりする。

「いえ、売りません。大変申し訳ございませんが」

　年配者の島田を立てて頭を下げた。顔を上げると、さっきの強い目つきが打って変わって、大切なものを失くしたような寂しい目に変わっていた。

「それなら仕方がないな。でも私は諦めないから、また連絡してもいいかな」

「それはもちろん」

「もし売る気になったら、他に話す前に、私に連絡してほしい」

「はい、そうします」

　ここまで執着心を燃やすとは、どこまでこの時計に惚《ほ》れこんでいるのか。

「ところできみはこの時計、どこで買ったんだ」

島田は目を細めて尋ねてきた。

それも値段同様、教えるわけにはいかなかった。デイトナの下取りに松田類の代わりにやってきた渋谷の女性店長からは、「社長から『自分から買ったことは口外しないでほしい』と言付けを預かっています」と言われた。次々と客が来店するのを警戒しているようだ。ただし自分に売るくらいなら、島田のような高く買ってくれる客を選んで売った方がいいと思うが。こういう客に売ると一過性のブームで、価値が下がってしまうのか。

店も教えられないと言おうとしたが、島田は「個人売買じゃ聞いてもしょうがないか」と勝手に決めつけた。

そろそろ店を出るのだろうと、一杯千五百円のコーヒーに口をつける。温《ぬる》くてまずかった。

交渉は断ったものの、まだ諦《あきら》めていない島田からは、この後、クラブに連れていかれるものだと思った。

それでは島田に申し訳がない。だがいい手を思いついた。今日のところはご馳走《ちそう》になり、後日廣澤に、いい客を見つけた、三千万で買うかもしれないと連絡すればいい。オファーが殺到して価値が下がることを心配している廣澤にしたって、三千万なら納得だろう。島田も念願の時計が手に入り、みんながウィンウィンだ。

ところがなにかに取り憑《つ》かれたかのように島田は元気がなかった。

「ねえ、社長、ご飯食べにいきましょうよ」

千秋が腕を組んで元気づけるが、効果がない。

「ジュリちゃん、俺、急に食欲がなくなっちゃった。これで栗原くんと美味《おい》しい物でも食べてよ」

長財布から三万円を出して、千秋に渡す。

「今日は同伴してくれるって言ったじゃないですか」

「ママには連絡しとくから」

「そんな……」

島田は「では栗原くん、連絡待ってるね、手放す時は真っ先に連絡してよ。値段はもう少し出せるから」と念を押して帰っていく。

ふと千秋を見る。恨めしげな顔で穂積を睨《にら》みつけてきた。

「な、なんだよ」

「島田社長が二度とうちに来てくれなかったら、栗原さんのせいだからね」

そう吐き捨て、もらった三万円を自分の財布にしまい、「じゃあ、栗原さん」とバッグを持って席を立とうとする。

「その金で食事に行くんじゃないのかよ」

「どうして栗原さんとご飯行かないといけないのよ」

島田がそう言ったではないか。

「だいたいセンスゼロの栗原さんに、時計は宝の持ち腐れじゃない。時計なんか元から興味ないんだし」

毒を吐く千秋に戻った。

「興味あるから持ってるんだよ」

「好きなのは最新時計じゃなくて、おじいさんにもらった時計でしょ」

前回つけていたオメガのアンティークをまた愚弄《ぐろう》された。

「世界限定五本といっても、いつまでも人気があるわけではないからね。きっと栗原さん、島田社長のオファーを受けなかったことを後悔すると思う」

後悔云々《うんぬん》より、千秋が言った本数が気になった。

「今、五本って言った？　この時計、二十本じゃなかったの？」

机の下で両手で抱えていた時計箱を持ち上げる。廣澤からは限定二十本、そのうち五本を仕入れたと聞いている。

「知らないで買ったの？　二十本のはずが、五本になったんだよ。島田社長が言ってたもの」

「なんで五本になったんだよ」

「知らないよ。私、そこまで時計に興味はないし」

孤高の天才時計技師が作った最新の五本を全部廣澤が仕入れ、その一本を自分が所有している。

そんな奇跡のようなことがあるのか。

ただし感激より訝《いぶか》しさの方が上回った。

そんな希少性の高い時計を、なぜ廣澤が自分に譲ったのか。それも千五百万という相場よりはるかに安い金額で……。

12

信楽たちはアポイントを取り、銀座の有名時計店の部長に会うことになった。

一階はまるで宝石店のようにきらびやかで、セレブな中高年と、やり手風の若い男性が華やかな女性を連れて、ショーケースから出された時計を眺めていた。

一つだけ価格を確認した。二百万だと思ったが、カンマの位置が違った。二千万？　値段にも目がくらんだが、そんな高価な時計を着けて歩ける人間がいることに驚く。今の日本はそこまで安全な国ではないだろう。真っ先にそう思ってしまうのは、警察官としての性《さが》だろうか。

濃紺のスーツにプリント柄のネクタイをしたこの時計ショップの部長が、特別な客に接客するような豪華な部屋で、信楽たちの応対をしてくれた。

「ゲルト・シュタルケは、今後ますます値が上がっていくんじゃないですかね」

網舞香から聞いた時計ブランドの価値について尋ねると、部長は間髪容《い》れずにそう答えた。

「それくらい人気があるってことですか」

森内が訊《き》き返した。今日こそ彼に質問役をさせることにした。前回の網舞香のときは途中から信楽が一方的に代わったからだ。

会話にはたくさんのヒントが隠されている。そのヒントを敏感に拾い、用意していたものから、より有意義な質問に咄嗟《とっさ》に変更する。ヒントを聞き逃し、まったく頓珍漢《とんちんかん》な問いをすれば、せっかく近づいた捜査の終着点が、打ち寄せた波のごとく離れていく。訊くべきことを尋ねる、単純なことではあるが、それが捜査の場数とイコールだ。

「人気もありますけど、時計の個体数がないんです」

「ない？　少ないじゃなくて」

「そうですね。ほぼ個人がやってる工房ですので」

「そのゲルト・シュタルケって、どこから仕入れられるんですか。輸入している代理店があれば教えてほしいのですが」

「シュタルケは代理店を通さないので、現地で直接シュタルケから買うか、あとはバイヤーを通じて買うしかありません」

「そのバイヤーって、網章一さんですか」

「よくご存じですね」

「他に日本人バイヤーはいますか」

「いいえ、日本人で取引できるのは網さん一人だと思いますよ」

「網さんってそんなすごい方なんですか」

「他の時計なら優秀なバイヤーはいます。ですがシュタルケとなると網さんをおいて他にいません、なにせシュタルケが無名の頃に、最初に目を付けたのが網さんです」

妻が話していたことと一致する。ただし妻は目を付けたのではなく、気の毒だから買ってあげたと説明をしていたが。

「シュタルケの時計がすごいのは、複雑な仕様が意外と単純にできていることなんです。弊社は今まで数本しか扱っていませんが、みんなが遠回りしてきたものを、彼だけが気付いて簡素化しています。ですがそうした製品は、本来は時計マニアからのウケは良くないわけです」

「難しいものをシンプルにすることは、製造業では重宝されることではないですか」

「量販品ならそうでしょうね。車とかスマホとかパソコンとか。でも時計というのは手がかかることに価値が見出《みいだ》されるんです。例えばパテック フィリップという、時計のロールス・ロイスと呼ばれるブランドがあります。現行品も何百万円もしますが、一九三〇年代から五〇年代に作られたアンティークでも、いい個体だと、いまだに三百万円以上はします。クロノグラフだと一千万かな」

「古い時計が一千万ですか。昔からそんな値段で売られていたんですか」

「当時とは通貨の価値が違いますから、数万円だったと思いますよ。それでも充分贅沢《ぜいたく》品《ひん》ですけど」

「物価の変動で、時計の価格も上がったのですか」

「他のほとんどの時計は数万円のままか、それ以下です。ですがパテックなどの一部は部品の一つ一つが手作りで、職人が今より質素な道具を使って、何百もの部品をやすりで磨いて、コンマ数ミリ単位でピタリと合わせて組み立てていきました。今、同じ作りをすれば、都内に大きな家が買えるくらいの値段を取らないと割が合わなくなります。こうした蘊蓄《うんちく》もマニアの心をくすぐるわけです」

「では簡素化したのに、なぜシュタルケの時計は人気が出たんですか」

「仕組みを単純と言っても、それは他の時計職人が今まで気づかなかったことですし、仕組みに手がかかっていない分、装飾などは芸術性がふんだんに組み込まれていて、恐ろしいほど手が込んでいます。たとえばミニッツリピーターと言って、時間が来ると内部のハンマーがゴングを叩《たた》いて知らせる仕様が最近発表されたのですが、その鐘の音色は他の同種の時計よりはるかに美しいと言われています。他にもダイヤルの模様もそうですし、チクタクと針が動く音からして他の高級ブランドとは一線を画します。そうした微細な違いなので、時計マニアが気づくのに、時間がかかったわけですけど」

「最初に気づいたのが網さんということですね」

「私は網さんとは直接、お会いしたことはないですけど、無名の時計技師の本質を見抜かれたわけですからすごい慧眼《けいがん》ですよ」

妻の話と食い違うが、単にお人よしなだけでなく、貧困国で古い時計を買い取ってあげるうちに見抜く力も身に付けたのか。高級ブランドの偽物が世界中から輸入され、空港の税関も押収しきれない。見せられた時計が本物だと言われたら、信楽は信じてしまう。

森内がそこで信楽を見た。困ったわけではなく、そろそろ名前を出していいか、許可を求めている。信楽は頷《うなず》いた。

「ところで興廣貴金属ってご存じですか」

「もちろんですよ。うちより儲《もう》かっているんじゃないですかね」

部長は一瞬、顔を歪《ゆが》めた。不快さが滲《にじ》み出ていたのを信楽は見逃さなかった。

「あまりよくない噂でも？」

森内の感性も同じだったようだ。

「他人《ひと》の店を悪く言いたくはないですけど、まぁ、いろいろ……」

「いろいろとは？」

「強引なセールスとか、あとは危ない人間と付き合っているとか」

「危ないって、暴力団とかですか」

「昔は神戸《こうべ》や大阪の時計店が一番儲かっていたという時代がありましたけど、暴力団と分かって売るとなると、警察もいい顔をしません。でも彼は気にせずそういう取引もしているとか。あくまでも噂なので、鵜《う》呑みにはしないでください」

神戸や大阪を例に出したのはそこに大きな暴力団組織があったからだ。

「そうだ、60セコンズなら網さん、関係あるんじゃないかな」

部長は興廣貴金属ではなく、販売する店舗名を出した。まさに聞きたかった店名である。贋札《がんさつ》を所持していた松田類が麻布店の店長だったのだから。

「どう関係あるんですか」

「若い社長なんですけど、時計店をやりたかったらしく、網さんにノウハウを教わり、今の渋谷店の場所にアンティーク専門の60セコンズをオープンしました。行かれれば分かりますが、西麻布の本店とは比べ物にならないほど小さな店です。ちょうど網さんが自分の店を畳むタイミングで、残った商品を丸ごと受け継いだおかげで、徐々に人気が出ました」

「網さんって、部下が金を持ち逃げして、店を閉めたんですよね」

「そんなことまでご存じですか」

「そうなると網さんが助けたのではなく、60セコンズが網さんを助けたことになりませんか」

「そういうことになりますけど、網さんは儲け度外視で、無料《ただ》みたいな値段で、譲ってあげたと聞きましたよ」一度はそう言ってから「これも同業他社から聞いた話なので、他で確認してくださいね」と断りを入れた。

「はい」

森内は返事をした。閉店を決めた網が商品を譲った。そうした関係だとしたら、その後も両者の関係は親密に違いない。

森内が黙ったので、ここで終わろうとしているのかと思った。おい、まだ大事なことを訊き忘れてるぞ。森内が訊かなければ信楽が口出しするしかないが、彼は忘れていなかった。

「ところで網さんは、最近、ゲルト・シュタルケの時計で大きな取引をされたそうですね。高額の商品を何本かまとめて買われたような。そのことでなにか耳にされた噂はございませんか」

「最近というと限定品かな」

「限定品が発売されたのですか」

「はい。スイスのフェアで、ゲルト・シュタルケがミニッツリピーターを発表しました。でも何本かまとめてとなると違うかな」

「なぜ違うのですか」

「二十本限定で発表になったのですけど、実際は五本の製作で中断してしまったんです。いくら網さんとシュタルケの信頼関係をもってしても、何本も日本に持って来るとは考えにくいですから」

「中断になった理由はなにかあるのですか」

「病気で作れなくなったのです。病気と言ってもアルコール中毒です。噂によると指が震えてとても細かい作業はできない。今は施設に入ったけど、再起不能とも言われています」

何百という小さな部品を組み合わせる時計職人にはそれなりのストレスがあるのだろう。信楽も医者からアルコール依存症になると脅されているが、指が震えるほどではない。ただ酒でも飲まなきゃやっていられないその時計職人に、親近感は覚えた。

「再起不能ということは、今回の時計が最後になるということですか」

「そうした話が出回って価値が上がっているんです。だけど万が一、世界限定五本の大半を網さんが独占していたとしたら、私がなにも知らないなんてことはないと思いますけどね」

部長さんは顎《あご》に手を当てて首を傾げる。

「部長さんは網さんとは直接、お付き合いはないんですよね」

「そうですけど、希少品ですから値段も相当跳ね上がります。逆にそれだけの顧客を持っている時計店は、日本にそうありません。手前味噌《みそ》ですが、当店はその一つに入りますので」

銀座のみゆき通りに旗艦店を構えているのだ。向こう三軒両隣、すべて高級ブランド店だ。

「ただ60セコンズさんにも、渡っているでしょうね。そこは古くからの関係で」

そこで再び松田類が勤務している時計店が出てきた。

「興廣貴金属の社長って、どんなお名前ですか？　ネットの会社概要を調べたのですが、カミングスーンと製作中になっていたので」

「ひろさわ社長です」

　森内はどういう字か確認する。「ひろ」「さわ」とも旧字の「廣澤」だった。フルネームを尋ねるが、部長は分からないといって、その後に気づいたように室内に立てかけてあった時計雑誌の一つを取り出して開いた。

「ここに紹介記事が出ています」

　そこには豪華な店内と、茶髪で軽薄な印象の若い男性が写っていた。写真のキャプションには「廣澤俊矢社長」と出ていた。信楽はすぐさまメモする。さらにあとで買うために雑誌名も書き込んでおく。

　それまで完璧《かんぺき》に質問していた森内だが、そこで黙って信楽に目を向けた。このあたりでよろしいでしょうか、そう視線で尋ねてくる。信楽も思案する。一つ思いついた。

「廣澤なのに、どうして興廣なんて会社名にしたんですか」

　訊《き》いてみたものの、たいして意味のない質問である。

「私も古くさくてセンスないなと思いました。だけど彼、興国商事出身なんです。天下の興国ですよ。『興廣』と聞いて、読みにくいから、今刑事さんが訊いたように、社名の由来を聞きますよね。そうしたら元興国商事出身だからと自分の出身母体を出せます。それが信頼にもなるし、商売がしやすいと彼は思ったんじゃないですか。興国出身なのは噂ではなく、この本にも出ているから間違いないです」

部長が指したところにはこう書いてあった。

《時計好きが高じて興国商事を退社して独立》

13

居ても立っても居られず、穂積は翌日の仕事終わりに、60セコンズ麻布本店に行った。

店員に聞くと廣澤は二階のオフィスで接客しているらしい。

接客中なら仕方がないと一階の店内で待つことにした。平日なのに客が二人もいて、ショーケースの時計を眺めている。

穂積も思い立ってガラスの中を見る。高級時計が並べられている。五百万超えも複数あった。廣澤が最初にアンティークショップを始めた頃は、十万円から三十万円くらいだったから扱う商品も劇的に変わった。

「栗原さん、上にどうぞと社長が言っています」

「あれ、本店に移ったの？」

声をかけてきたのが、自宅にロレックスを下取りにきた渋谷店の女性店長だったからだ。

「はい、先日、異動になりました。僭越《せんえつ》ながらこちらで店長を務めます。これからもよろしくお願いします」

「じゃあ、類くんが渋谷店に」

「いえ、松田も当店にいます」

「そうなの？」

なにか含みがありそうな言い方だったが、廣澤が一番信用している男だけに、ゼネラルマネージャーのような地位に昇格したのかもしれない。詳しくは聞かずに、バックヤードの扉から一人で入り、二階のオフィスに通じる階段を上がった。

「待たせて悪かったな、栗原」

廣澤が社長席に座っている。

穂積が入ると、「で、なんの用だよ。急にアポなしでやってくるなんて」と言った。電話をしようかと思ったが、理由を訊かれると面倒なのでやめた。穂積は自宅から持ってきたゲルト・シュタルケの時計を社長机に無造作に置いた。

「おい、大事な時計、持ち歩くなよ」

廣澤が声を荒げる。だが穂積は冷静に切り出した。

「廣澤がこの時計を保管しろと言ったのは、価値を出すためという話だったけど、他に理由があるんじゃないのか」

「理由ってなんだよ」

「他人に見せたら客が殺到する、売れば価値が下がるとも言った。どこで買ったかも言うな、渋谷店からここの店長になった彼女から言われた。本当にそれが理由なのか」

「そうだよ。持ってることを知られれば、コレクターが寄ってきて、おまえは仕事にならないと言ったろ」

廣澤は余裕を崩さない。口達者なこの男は、穂積を甘く見ており、いくらでも言いくるめられると思っている。

「廣澤はこの時計、二十本限定だと言ったよな。二十のうち五本を入手できたと。でも実際、ゲルト・シュタルケは五個しか作ってない」

「おまえ、どこでそれを……」

図星だ。そうなるとますます謎が深まる。

「この時計、まだ店に在庫があるって言ってたよな。まるで出し惜しみしているような言い方だったけど、あるコレクターは三千万でも買いたいと言ってた。それほど価値があるなら、商魂逞《たくま》しいおまえならとっくに売って現金化しているはずだ。店にも一番目立つ場所に展示して、雑誌にも載せて、幻の時計を扱う店だと大宣伝を打ってる」

「誰かに話したのか？」

穂積は婚活パーティーで知り合った女性に時計のことをつい漏らした、その女性が銀座のホステスをしていて、そこから客のコレクターに伝わり、約束した場所にコレクターが不意にいて、時計を見られてしまったと言った。

「おまえ、なんてことを……」

約束を破ったことに廣澤は顔を真っ赤にして怒りを露《あら》わにしていたが、それより先に穂積が抱いている疑念をぶつけた。

「廣澤、この時計、偽物なんじゃないか」

「おまえ、そんなこと二度と言うな。朝木さんが聞いたら、大変なことになる」

言った途端に廣澤の顔色が変わった。朝木とは半年くらい前にこの店で会った。スキンヘッドでガタイがよかった。今日のように来客中だと言われて下で待たされていたのだが、廣澤は下まで見送りにきて、ぺこぺこと頭を下げていた。肩で風を切るような歩き方で、店を出てから「ヤクザか」と尋ねると、廣澤からは「不動産の社長だ」と言われた。

「朝木って男も持ってるのか。知れたら大変なことになるってことは、やっぱり偽物なんじゃないか」

「偽物じゃねえよ。それは保証する」

「保証するったって、おまえの目なんてアテにできるかよ。高級時計の仕組みも分かってないくせに」

数年前までアンティーク専門だったのだ。昔の時計は質素な道具で丁寧に作られていたが、今は内部構造が複雑化して、素人では仕組みが分からなくなっている。高級品を扱うようになった直後、廣澤から説明を受けた。

「仕入れたディーラーが嘘をつく人じゃないからだよ。その人はゲルト・シュタルケから信頼されてる人だ」

「なんて名前だよ」

「聞いてどうすんだよ」

「安心になるだろう。俺だって千五百万出したんだぞ。それだけの大金払って偽物を掴《つか》まされたら、堪《たま》ったもんじゃない」

「偽物じゃねえって。俺が命をかけて保証するって」

「おまえの命なんて保証になるか」

「そんな危ないものを俺が朝木さんに売るわけがないだろ」

その説明は理に適《かな》っていた。だがそれならどうして朝木に知られたらまずいなんて言い出すのか。

そのことを聞くと「あの人は怖い人だから、余計な疑いをかけられたくないんだよ」と言った。

「ヤクザなんだろ」

「元ヤクザな」

そこは認めた。穂積も商社時代はそういう危ない橋を渡った。それでも独立してまで付き合いを続けてはいない。

「廣澤の言う通り、時計は本物だとしよう。それならどうして店頭で堂々と販売しないんだ。俺に誰にも見せるなと言ったんだ？」

「それは価値を上げるためだよ、どこでも買える物より買えないもの、幻の逸品となれば、勝手に値が上がっていく」

　まだこの男は本当のことを言わない。

「違うだろ。世界限定二十本の予定だったのが五本になったからだろ。そこになにか秘密が隠されている。だいたい五本全部を、どうして廣澤が入手できたんだ」

「俺とディーラーとの信頼関係があるからだよ」

「信頼されてようが、世界のマニアが欲しがる超レアモノのすべてが、廣澤のもとに来るはずがない。なにか汚い手を使ったんじゃないか」

　また顔色が変わった。さっきは怒ったような反応だったが、今度は明らかに動揺の色が見える。

「汚い手なんか使うか。俺も二十本と聞いて購入したのが、手に入れてから五本と知り、ビビったんだ」

　ビビった？　自信家の廣澤からは滅多に聞かない言葉だ。

「その信頼できるディーラーも知らなかったなんて言うなよ。その人がゲルト・シュタルケに信用されているという話まで嘘になるぞ」

「その人はシュタルケがアル中なのは知っていた。だけど超のつくお人よしだから、依存症から必ず立ち直れると信じてた」

「信じてたから五本しか作られなかったことを廣澤に教えずに取引したのか。そうだとしても五本だったら、廣澤の買値も高くなるだろ」

「儲《もう》けようとか考えない人なんだって」

「そんな商売人いるか」

「商売人じゃないんだよ。その人にとっては時計は副業だ」

「本業はなんだよ」

「言っても理解できねぇよ。世界中を旅している自由人ってところだ」

まったく理解不能だった。そのディーラーの素性などどうでもいい。

「そうなるとおまえはラッキーだったということだろ。少ない方が価値は上がるわけだから」

「その通りだよ」

「ラッキーなのに、どうしてビビるんだよ」

理論家の廣澤もそこで自分の説明に平仄《ひょうそく》が合わなくなったことに気づき、口を噤《つぐ》んだ。

「やっぱり廣澤、俺はこの時計が偽物かどうか気になるよ。その信頼できるディーラーの名前を教えてくれ。俺が会いに行って、その人に本物かどうか確認する。教えられないなら、朝木さんって人を探して、言うぞ、あなたが持ってるシュタルケも偽物かもしれませんよ、と」

「やめろ、そんなこと」

廣澤は慌てた。元ヤクザだからというだけではない理由が、廣澤と朝木の間にあるような気がしてきた。

「おまえ、もしかして、俺が預けた原版を朝木って男に渡したりしてねえだろうな」

廣澤は無言だった。多弁なこの男が黙るなんて珍しい。

「おい、黙るなよ」

「渡したよ」

やはりそうだ。ずっとそんな疑念は抱いていた。

「刷ったのかよ」

「ああ、刷ったよ」

「どうやって」

「俺は渡しただけだから詳しくは知らねえよ。朝木さんが印刷所から紙やインクまで全部調達した。あの人がいなければ、あんな原版、ただのよくできた彫刻に過ぎなかった」

呆《あき》れてすぐに言葉が出ない。今度は穂積が黙っていると、「心配するなって。朝木さんは警察に捕まるようなヘマはしないから」と言う。

「どうして捕まらないって言えるんだよ」

「俺たちとは生きてる世界が違うからだよ」

「そんな理由、慰めにもならねえよ。おまえ、もしかしてあの原版で刷った金で時計を手に入れたんじゃないだろうな」

「違うよ」

合っていた視線が若干逸《そ》れた。ゲルト・シュタルケの仕入れに使用した。だからこの時計は訳ありなのだ。

取引したディーラーは今も偽札を本物と信じて保有しているのか。どれだけ本物に近くとも、透かしもなければ、記番号もすべて同じなのだ。使えばやがて警察にバレる。その後も質問するが、廣澤はいくら分偽札を印刷したのかや、どうやって使ったのかも答えなかった。

「いい加減にしろよ。預かるというから廣澤に渡したんだぞ。偽札を刷るなら渡さなかった」

言うとそれまで強張《こわば》っていた廣澤の顔が緩んだ。

「いい加減にしろはこっちのセリフだよ、栗原」

「なにがだよ」

廣澤は嫌らしく口を半開きにする。

「正義漢ぶって、御託を並べるのは結構だけど、おまえは独立した時、百万円受け取ったじゃねえか」

「あれは、貸してくれたんだろ？」

「返さなくていいって言ったはずだぞ。おまえだって、返さなくていいと聞いてなにか裏があると感じたはずだ」

確かに廣澤の言う通りだった。金を出すと言われたことじたい、嫌な予感はした。廣澤はあの原版を使っていると頭の中を過《よぎ》った。危険な匂いが漂っていたのに、悍《おぞ》ましさが先立ち、気付いていない振りをした。

「いいんだよ、栗原はなにも心配しなくて。朝木さんはただの元ヤクザじゃないんだから」

ただのヤクザじゃない。その言葉が余計に冷酷さを帯び、穂積の心臓を縮こませる。朝木のビジネスは本当に不動産屋なのか。今も裏社会と繋《つな》がっているのではないか。訊《き》きたいことは山ほどあったが、あの粗暴な風貌《ふうぼう》を思い出すと、言葉にできなかった。

「分かった、今日は帰る」

穂積は椅子から立ち上がり、出口へ足を踏み出す。

「おい、大事なものを忘れてるぞ」

机の上に置いたゲルト・シュタルケの箱を渡される。

トートバッグの中にしまって、オフィスを出る。

「お疲れさまでした」

一階では新しく店長になった女性が微笑んでいた。

お辞儀を返したが、酸っぱいものが胃からこみ上げてきて、穂積は逃げるように店を出た。

14

出社すると森内が席で電話をかけていた。

「ありがとうございます。ではその方にお願いしていただけるとありがたいです。お忙しいところお手間をおかけしますが、どうかよろしくお願いします」

丁寧にそう言って電話を切る。

「どうしたんだ、こんなに朝早く」

「一昨日《おととい》、会った銀座のグレースアワーズの部長から電話があったんです。ゲルト・シュタルケの時計についてです」

「五本の限定品についてか」

「はい。持ち主が分かったわけではないのですが、それについて詳しい人から連絡が入ったみたいで」

「詳しい人とは？」

「顧客です。過去に何十本も買ってくれているロイヤルカスタマーだと話していました。国内に輸入されてたみたいです。グレースアワーズの部長、ゲルト・シュタルケが日本に入っているなら自分が知らないはずはないと言ったものだから、訂正を伝えてくれたんです」

「それで森内は、お願いしていただけるとありがたいと頼んだのか」

「はい、そのロイヤルカスタマーに直接会って話を聞きたいと思いまして」

「会えるといいな」

いい判断だ。部長にもう一度会っても、顧客の情報なので詳しく話せない。警察と聞いた顧客が尻込《しりご》みしてしまうかもしれないが、時計店の部長がわざわざ電話をくれたほどだから、説得を期待したい。

昨日も信楽はいつものように、居酒屋に寄り、最近少なめにしているビールとレモンサワーを二杯飲んで自宅に帰った。

酒を飲むのは酔いで頭の中から考え事を消し去り、よく眠るためであるが、昨日は酒を飲んでいた時から事件が頭から離れず、家に帰ってからも寝つきが悪かった。

睡眠も浅く、ずっと夢の中まで悩んでいた。しんどいがそれが仕事である。捜査は足も大事だが、四六時中、頭を回転させることも必要だ。脳が働いた分だけ解決の糸口が見いだせる。

信楽の疑問の一つは捜査二課の贋札《がんさつ》捜査についてだ。

泳がしているのだとしたら、松田類という男が贋札作りの主犯ではなく、その背後に組織、もしくは主犯格がいることになる。

その可能性が高いのが、松田が勤務していた興廣貴金属の社長である廣澤俊矢。ただし彼は興国商事出身である。そんなエリートが贋札作りなんて危険なものに手を出すか。

最近は有名大学の学生がＳＮＳに愚かな投稿をして炎上するなど、頭のいい子がどうして一生を棒に振るのか、呆れることばかり起きる。だが犯罪の抑止力に学歴や勉強ができることは関係ない。そうでなければ政治家や会社経営者が捕まったりはしない。廣澤俊矢が捜査二課の追う主犯なのか。いや、そう決めつけるのは早計に失する。中央新聞の向田瑠璃からは、所轄の警察官の言葉として、贋札は精巧にできていて、本物が一枚なければ気づかなかったと聞いている。最近はそこまで出来のいい贋札の話は聞かない。

信楽はここ数日、紙幣作りについて調べた。大量の紙幣が日々、国立印刷局で刷られているが、新札や新しい切手、収入印紙を作る国立印刷局には、「工芸官」と呼ばれる三十人ほどの職人集団がいる。類《たぐ》い稀《まれ》な技術を持つために、彼らが犯罪に巻き込まれないよう実像は明らかにされていない。だが過去に幾度となく、内情の一部を印刷局が公開したことがあり、その時の説明によると、肖像画を描くのも大変だが、もっとも重要なのは原版を彫る彫刻師、さらには地紋を入れ、透かしを担当する職人だそうだ。ルーペを片手に金属板と向き合い、一ミリ幅に十数本もの繊細な線を深く彫り込む仕事は芸術家のレベルであり、多くは美大で銅版画を学び、狭き門を突破して国立印刷局に採用される。彫刻や透かしを任されるには十年以上のキャリアが必要らしい。

いくら紙やインクを調達できても、原版を作れないことには印刷はできない。今回の犯人たちがどうやって作ったのかも信楽の頭を悩ます点である。

だがそうした謎を解くのは捜査二課の仕事であって、信楽の本来の捜査とは異なる。

廣澤俊矢と網章一の二人が親しい間柄であるのは、グレースアワーズの部長の証言からも間違いない。網章一が限定品を仕入れたとしたら、間違いなく60セコンズに入れている、部長はそう話した。

その取引に贋札が使われたと考え、二課も網章一を捜している。なるほど、だから網舞香の家の前にも二課の捜査員が張り込んでいて、信楽たちの捜査を一課長に告げ口されたのだ。

七月二十四日に消息不明となってもう一ヵ月以上経過している。二課は、網章一がすでにこの世にいないことまで把握しているのではないか。普通、強行犯事件の疑いを摑《つか》めば、一課に連絡を寄越《よこ》す。だがあの核パスタなら、贋札事案のケリがつくまで捜査上の秘密だと隠しそうだ。

脳が溶けるほど考えて、ありうる可能性を出しては、これはあまりに無理筋だと却下した。一つだけ、表に出回ることなく、贋札を利用する方法を思いついたが、とても端緒として捜査一課長に取調べをさせてほしいと言い出せる域まで達しなかった。

なによりも目撃者どころか、妻が最後に会った七月二十四日以降、網章一がどういった行動をしていたかも定かではないのだ。

大きな取引がある？　妻はそう言った。そうなると信楽の考える贋札の利用方法は大きく間違っていない気がする。いや、まだ口にするのは早すぎる。

そこで森内のもとに電話がかかってきた。

「ご協力ありがとうございます。それではこちらから、その方に昼休みにでも電話して頼んでみます」

グレースアワーズの部長から電話があり、顧客が捜査に協力してくれると伝えられたようだ。


正午に森内が電話をしたところ、島田孝仁《たかひと》という投資会社の社長はすぐにでもいいと言ってくれた。場所は神谷町《かみやちょう》、警視庁からは二キロの距離だ。

オフィスタワーの十七階で、結構な数の社員がいた。社長室は奥にあり、秘書の女性に案内してもらう。やり手感のある男がソファーに足を組んで座っていた。

「びっくりしましたよ。あんな若い男が、ゲルト・シュタルケの最初で最後のミニッツリピーターを持っているとは思っていなかったもので」

島田は自分が所有している別のブランドのミニッツリピーターを披露しながら説明してくれた。

鐘が時を刻んで知らせる——島田の言葉通り、時計からは澄んだきれいな音が聞こえた。

だが島田に言わせるとゲルト・シュタルケの音は比較にならず、遠くから教会の鐘が聞こえてくるような、中世の雰囲気が色濃く残るヨーロッパの景色を感じさせられる音色らしい。そう言われてもヨーロッパなど行ったことのない信楽は、発想に乏しく、薄ぼんやりとしかイメージできないが。

「その時計、間違いなく本物だったのですか」

信楽が質問した。企業の経営者だ。年配者が訊く方が相手も気を悪くしない。

「間違いないですよ、裏側がスケルトンになっているので、内部構造も確認しました。私も持っていますが、ゲルト・シュタルケの時計は他とは違ってますからね」

「シンプルにできていると、グレースアワーズの石原《いしはら》部長も話していましたが」

「シンプルですけど、要所要所は複雑なんです。これはオーバーホールに出した修理職人が言ってました。職人泣かせの時計だと」

「無知でお恥ずかしいですが、時計ってオーバーホールをするのですか？」

オーバーホールと聞いて浮かぶのは車だ。エンジンを下ろして、すべての部品をつけかえる。時計でもそんな面倒なことをするのか。

「しますよ。放っておくと機械の油が乾いて、取り返しがつかなくなります。大事にしているコレクターなら三年に一度は依頼しているんじゃないかな。私は几帳面《きちようめん》なので、毎年頼んでます。これも必要経費です」

「いくらくらいするのですか」と森内。

「複雑時計の場合、五万から七万。ゲルト・シュタルケは時間がかかりますから、十万以上します」

「そんなにですか」

声を出したのは森内だが、信楽も同じくらいびっくりした。しかもこの島田はこうした高級時計を何十本も所有しているそうだ。時計道楽にいくら費やしているのか。

「ところでその栗原穂積という男性とは、どこでお知り合いになられたのですか」

信楽は出された名刺を見て、聞き質《ただ》した。

島田は若者と言ったが、年齢は三十歳なので森内とさほど変わらない。HKコンサルティングという会社の社長であるのは、名刺に書かれてあるが、その歳で高級時計を手にするとは、どれほどの収入を得ているのか。

「私が通う銀座のホステスから聞いたんです」

「栗原さんも客ですか」

「いいえ、女の子は、彼とはプライベートで知り合ったみたいですね。婚活パーティーというから、プライベートとも少し違うかな。その後にデートしたみたいです。彼女曰《いわ》く、ダサくて最初から論外だったけど、会うだけ会ってみたと言ってました。ああいう店の女性はあざといから」

自分もそうした女性の心理を利用して、金で好きにしているくせに、見下したように言う。独力で立ち上げ、成功した経営者は往々にしてそうだ。自信家でいまだ男尊女卑、とくにホステスなど接客業の女性を悪く言う。信楽はクラブなど、捜査以外では行ったことはないが、こうした話を聞くたびに辟易《へきえき》する。

「ホステスさんの名前を教えていただけますか」

「いいですよ、疚《やま》しいことはないから」

自分からそう言ったということは、本当はあるのだろう。捜査には関係ないと、島田の言った通りにメモをする。銀座のＬＩＬＡというクラブで、樹里という源氏名で働いている。

「その女性、どうして島田社長に連絡してきたんですか」

「そりゃ私に気があるからに決まってるじゃない」

島田は日焼けした顔をテカらせ、さらに自慢を続ける。

「彼女、私が時計のコレクターであるのを知ってるからね。一本、彼女には買ってあげたし。あの子には豚に真珠だけど」

また愚弄《ぐろう》したことを言う。酷《ひど》いと思ったが顔に出さずに我慢した。

「ゲルト・シュタルケの限定品の話をしたこともあるんですよ。絶対に手に入れたい、いや入れてみせるって。私がこれまで欲しいものはすべてモノにしてきたのを知ってるから、彼女も真っ先に連絡を寄越してきたんですよ。みんな私のことを特別視してくれます」

捜査に協力してくれたのはありがたいが、男の自慢は止まる気配がなく、そろそろ退散したくなった。

そこで聞き漏らしていないことがないか手帳を見ながら考える。今のところはなにもない。ただいくらそのホステスが島田に好意を抱いていたとしても、理に適《かな》っていない説明があることに気づいた。島田の回答は信楽の質問の答えになっていない。

「先ほどなぜ社長に連絡してきたかと訊《き》いたのは、そういう意味ではなく、女性は栗原さんが時計を売りたがっていることを知っていたかということです」

「そういう意味ね。そこまでは知らなかったと思いますよ。私は売ると聞いて張り切って行ったのに、彼は売れませんの一辺倒だったから」

値段が折り合わずに取引が成立しなかったのかと思ったが、最初から相手に売却する気はなかったようだ。そうなると栗原という男は、どうして時計を持ってきたのか。彼もまた自慢をしたかっただけか。

「彼も気に入っていたからですか」

「気に入ってはいたでしょうけど、特段、時計好きではなさそうでしたけどね。それにゲルト・シュタルケを持つにはあまりに不似合い。会った時の印象は渋谷のセンター街あたりにいそうな若者で、スーツは着てたけど、安物の吊《つ》るしで襟裏が浮き、シャツのネックサイズも合っていなかったな」

「その姿が、時計好きと関係してくるのですか」

「関係はしませんよ。ただ風貌《ふうぼう》から、彼はこの時計の価値をよく分からずに持っているんじゃないかと思ったんです。ただ、世界限定五本の一つにお目にかかれるとは思ってなかった私は舞い上がってしまい、交渉に失敗しました。もっと値段を下げてスタートすればあっさり買えたんじゃないかと今は後悔しています」

「価値を教えてしまったということですか。そうなると、なかなか買い取ることは難しそうですね」

「私は諦《あきら》めていませんよ。なにせ同じグループですから、親近感も持ってくれたと思いますし」

「同じグループとは？」

時計好きのコミュニティーがあるのかと思った。

「私は独立するまで興国銀行にいたのですけど、興国財閥と呼ばれるだけあって、結束力は高いんです」

「栗原さんも興国銀行なのですか」

「彼は興国商事です」

「興国商事？」

思わず訊き返した。森内の顔を見る。彼も目を丸くしていた。

「天下の商事をやめて独立したってことは、仕事でヘマでもやらかしたんだろうって、私は樹里には話してたんですけどね」

買えなかった憂さ晴らしなのか、島田は最後まで栗原という男の悪口を言い続けた。

15

廣澤俊矢と栗原穂積の繋《つな》がりを見つけたことで、午後には興国商事に連絡した。

幸いにも数年前まで捜査一課にいた警察官僚が天下りで勤務していた。それほど親しくはなかったが、顔見知りだった信楽が、その元警察官僚に頼んだ。

一課にいた頃は平刑事など相手にしないと言った態度で、吉光捜査二課長並にプライドが高い人だったが、〈久しぶりですね、信楽さん〉と愛想よく電話に出た。さらに人事部に行って、話ができる人間を手配してくれた。

興国商事の本社ビルに着いたのは夕方の六時を過ぎてからだ。

商社というと全員が深夜まで働いているイメージだったが、働き方改革が浸透しているのか、帰り支度をした結構な数の社員とエントランスからエレベーターにかけてすれ違った。

一階のセキュリティーで待ち合わせをした元警察官僚の社員は、部屋まで案内してくれた。

彼は「私はここで」と去った。このあたりは元警察官だ。自分がいると信楽たちが訊きたいことも訊けなくなると弁《わきま》えている。森内と二人で待っていると、「失礼します」と若い社員が入ってきた。

武宮俊彦《たけみやとしひこ》というサステナビリティ本部の社員だった。元警察官僚がわざわざ探してくれたのだろう。彼は廣澤だけでなく、栗原とも同期、すなわち廣澤と栗原は同期入社だったことになる。

「ここに来たことは、お二人には内緒でお願いします」

森内が断りを入れた。

「話すといっても、二人ともやめてから一度も連絡を取っていませんし、栗原は一年前ですけど、廣澤がやめたのは何年も前なので、町で見かけても、あいつは私の顔を覚えていないのではないですかね」

三十歳にしては落ち着いている武宮が答えた。

「武宮さんは、二人とはそれほど親しくなかったのですか」

森内が手帳を開いて切り出す。

「同期は七十七人いましたが、内定や研修で一緒の組になったりしましたから、それなりに話しました。ですが研修が終わると、すぐに配属されます。商社は部署が違うと、まったく別の会社と言っていいほど仕事内容が異なりますから、会っても話す内容がなくなってくるんです。それに海外赴任を命じられる者も多くいますし」

「すぐに海外赴任ですか」

「さすがにすぐはないですけど、早い者だと二、三年で出ますかね。私は最初の配属先が人事部で、今も国内がほとんど。廣澤も食品局のコンビニ担当だったので、アジアに広がったコンビニ本部に出張で出掛けた程度だと思いますが、栗原は三年目にチリに出ました。資源局の非鉄金属で、五年ほど滞在していました」

「チリって、南米のですよね」

「はい、銅山があるので」

「銅ですか」

森内がそう言ってから信楽の顔を見た。

原版に銅が使われていることを思い出したのだろう。だが銅を扱っていたからといって、贋札《がんさつ》作りに関われるわけではない。信楽は先に進めるよう微《かす》かに顎《あご》を突き出した。

「二人はどんな人柄ですか。武宮さんが感じたままで結構です」

「廣澤は軽いヤツですよ。口が達者で、マスクもいいから、内定の頃はコンパばかりしていました。栗原は研修でもいつも一番前の席に座る真面目を絵に描いたような男です。そんな対照的な二人なのに、仲は良かったです」

「仲良くなる共通項でもあったのですか」

「さぁ、その時は自分も第一志望だった会社に入れて浮かれていたので、気が回らなかったです」

「お二人の仕事面はどうでしたか。といっても部署が違うので、武宮さんも詳しくは分からないでしょうけど」

「人事でしたので、ある程度の評価は入ってきました。私も外に出たくて商社に入ったので、同期を羨《うらや》ましく思ってましたし。二人のうち、ぱっと見、うまくやれそうなのは廣澤です。ですがうちは伝統のある企業ですので、うわべだけのやり手感はすぐに見抜かれます。上司の評価は低く、子会社に出向になってもおかしくないほど立場が危うかったです。そうした事情もあって、廣澤はたった三年でやめたんだと思っています」

三年で退社したのに、会社名には興国商事から一文字つけている。グレースアワーズの部長も廣澤を狡猾《こうかつ》だと話していた。

「栗原さんはいかがですか」

「栗原は鈍そうに見えますが、コツコツと真面目なタイプなので、評価されていました。ただ、不運な目に遭ってしまって」

「なにがあったんですか」

「不正です。彼は無関係ですよ。栗原のチームの先輩二人が、チリに会社を作って、中抜きしていたのが発覚しました。栗原は知らずにその横領した金を渡されていたようで、社内の調査委員会に諮られ、先輩二人は解雇、栗原も一カ月の出勤停止処分を受けました」

「その後、閑職に回されたのですか」

いいテンポで森内が訊《き》いていく。昔の刑事は口下手だったが、その分、凄《すご》みで相手を無理やり喋《しゃべ》らせた。今はそうした態度も抗議を受ける。柔らかく、それでいてできるだけ誠実に質問していかねばならない。森内は相手を気持ちよく話させるのが上手だ。

「私もつまらない部署に飛ばされるんだろうと栗原に同情していたんですけど、ちゃんと見ている人はいたんでしょうね。処分が明けた後も、穀物の輸入部門に回りました。穀物も資源同様、海外赴任が多くてうちでは主流の一つです」

「いい部署に転属になったのに、会社をやめたのですか」

「はい、会社をやめて大丈夫なのかと私も心配して聞きました。といってもやめる相談を受けたわけではなく、私は当時、人事にいたため、退職金の計算や有休の買い取りなど説明する機会がありまして。彼とは出勤停止になった頃から、ちょくちょく話していましたけど」

「人事部が処分を決めたのですか」

「決めたのは調査委員会で、私など下っ端は無関係でしたが、処分を受けた時の栗原がかなり落ち込んでいたので、心配して電話したんです。すると結構、元気になっていて、『のと』に旅行に行くと言っていました」

「能登半島のことですか」

「半島の先まで行ったはずですよ。帰ってから土産のお菓子をもらいましたから。竜飛《たっぴ》岬じゃなくて、なんでしたっけ？」そう言いながらスマホで調べる。「すず岬だ。今年の元日の地震で被害を受けたのが、確かすず市でしたね」

信楽は思考を巡らせてから「珠洲市」「珠洲岬」と漢字で記入した。普段は聞いた地名を即座に変換できないが、今日は頭が冴《さ》えている。

「武宮さんが会社をやめて大丈夫かと聞いた時、栗原さんはなんて答えたのですか」

森内が前の項目に戻る、聞いたまま栗原の退職の理由は聞かずじまいだった。

「栗原は『非鉄部門で培った経験を活《い》かして、コンサル業を始める』って、案外自信満々に話していました。それなら良かったと私も安心しました。能登旅行が自分を見つめ直すいい転機になったみたいです」

「転機、ですか？」

「栗原が言ったわけではなく、私がそう聞いたら、その通りだよと言われただけなんですけどね。商社マンは海外を飛び回っているようなイメージで見られますが、実際は同じ場所を行き来しているだけなんです。だからふとした国内旅行で、栗原も案外、自分は小さな世界で生きていたことに気づいたのかと思って」

その後も廣澤俊矢と栗原穂積について尋ねる。だが廣澤には相変わらずいい内容は出ず、他方、栗原は好印象なことばかりだ。

「ありがとうございました。大変参考になりました」

森内が代表して礼を言った。

興国商事を出た時は午後七時半を回っていた。

家族がいる後輩のプライベートを邪魔してはいけないと、普段は誘わないようにしているが、たまにはいいだろうと「飯食って帰らないか」と声をかけた。

「はい、喜んで、部屋長なかなか誘ってくれないので、待ってたくらいです」

昼食は共にするが、夜誘ったのは彼が警視庁に来て、五回しかない。もとより信楽は同僚と出かけない。管理官の泉が二係捜査を担当している時も年に一度か二度、他の同僚も同様だ。

新しい店に入ることじたい苦手で、地元の居酒屋が一番落ち着くが、同僚を東京西部の是政《これまさ》まで連れていくわけにはいかない。いつも同じ時間に、同じ店に入って、同じ量だけ飲んで帰る。つまらない人間だと思われるが、それが信楽の生活の一部になっているのだから、仕方がない。

「家に連絡しなくていいのか。電話するなら俺は離れるけど」

「あとでLINEしときます」

「あとじゃまずいだろ。奥さん、晩御飯作ってしまうぞ」

「今から電話しても作ってますよ。帰ったら食べます」

帰宅して食べるなら軽いものがいいだろうと、焼き鳥屋に入る。仕切りのあるボックス席が空いていた。

一杯目は二人ともビール。今日も厳しい残暑だったため、あっという間に飲み終える。次に信楽はレモンサワー、森内は梅サワーを注文した。

「無理して、俺に合わせなくていいんだぞ」

「なに言ってるんですか。僕の方がイケるかもしれませんよ。部屋長がヘベレケになったら、僕がご自宅まで送りますから」

「森内に注意されてから、酒の量を減らしたからそんなにはならないよ」

「ランニングも続いていますか」

「真夏は辛《つら》かったけど、秋らしい風が吹いて、少しは楽になったかな」

「気温的には全然、夏ですけどね」

九月の二週目に入ったが、依然として昼間は三十度以上の真夏日が続いている。

「部屋長は、走る時はちゃんと帽子被《かぶ》ってますか」

「被らないよ、なんか張り切ってるみたいで恥ずかしいじゃないか」

「帽子くらいで張り切ってるなんて思われないですよ。熱中症対策のためにも、帽子は必ず被ってください」

「森内がやっていたサッカーは帽子を被らないだろ」

「そういうのを屁理屈《へりくつ》と言うんですよ。屁理屈を言う人、部屋長は一番嫌いでしょ」

「その通りだけど」

「でしたら帽子を被ってください。なければ明日《あした》、カイシャに僕が使ってないのを持っていきます」

「帽子くらい持ってるから大丈夫だよ」

これではどちらが先輩か分からない。

「ところで森内は今回の仕事の一番の謎はなんだと思ってる？」

仕切りがあるとはいえ、こういう場所でも会話は気を付ける。警察はカイシャ、捜査は仕事……使っているのは森内が言う「部屋長」くらい。他にも警察関係者だと知られないよう思いついた名詞を使うが、初めての語句であってもあらかた通じる。それがコンビというものだ。

「謎って、そんなざっくり聞かれても」

「いろいろあるだろうよ。なにせ今回は他部署が先に唾《つば》をつけた案件だ。彼らはうちよりはるかに先に仕事を始めている」

「自分が考える一番の謎は刷った目的ですかね。それがさっぱり見えてこないのが、自分を思考停止状態に陥らせています」

「そうだよな。どれだけの量を印刷したのかは分からないけど、明確な使い道がなく、むやみやたらにばらまいていたら、いくら精巧でもすでに発覚している」

「向こうの課は、どう見てるんですかね」

「そんなことを訊けば、それはあなたたちの仕事じゃない、と角を出して怒るよ」

「食えない課長なんですものね」

吉光捜査二課長に言われたことは全部話した。森内も「同じ刑事部なのに扱いがひどいですね」と憤慨していた。

一課と二課は、同じ刑事部でもやっている仕事はまるで別だ。

二課が扱う事案は、近年特殊詐欺などでコンピューターを使って海外から指示するなど巧妙化しており、捜査員も頭脳集団に変わりつつある。その点、一課はいまだに自分の足で聞き取りに回って検挙するオールドスタイルだ。すぐに声を荒げる鬼デカもいくらか残っている。

信楽は同じ組織である以上、どこの課も被疑者を検挙すれば平等に評価されるべきだと思っているが、実際は違う。二課が扱う事案は犯人逮捕まで困難を極めるのに、巨大犯罪グループや数億円の詐欺でもなければ、メディアに取り上げられることは少ない。警察の評価は、メディアの露出、話題性に関わってくるから、二課が表彰されることは少ない。あまり脚光を浴びないだけに、降って湧いた今回の贋札《がんさつ》事件は、なにがなんでも自分たちの手できっちりあげたいのだろう。

「何百、何千万円の取引となると普通は手形や振り込みを使いますけど、廣澤は現金で仕入れてるんじゃないですかね。それだと、金の流れから足はついてそうですけど」

森内が現金取引を持ち出さなければまだ自分の胸の内にしまっていた。だがそこまで考えて悩んでいるのなら、答えるのが仲間としての流儀である。信楽は昨夜、思いついたことを口にする。

「現金という考えはある意味、間違っていないと思うよ」

「あの金を使ってるってことですか」

「使ったけど、渡してはいない。見せ金にしてるんじゃないか。金を見せるだけで商売が成り立つのか、俺には判断つかないけど、網章一の奥さんが、以前、不渡りになったと話していただろ。そういう経験をすれば、廣澤が本当に現金を持っているのか、網章一は確かめると思うんだ。廣澤は金を見せて網を安心させた」

「網章一はまがい物を見せられたということですか。そうなると、そのことがどう我々の案件に関わるのですか」

「そこを突かれると痛いんだけどな」

レモンサワーで喉《のど》を潤す。金を見せて安心させ、商品を受け取ってから贋札は渡さずに殺害した。そんな無謀なことをするかなという疑問も残る。

「本当に謎だらけですね。廣澤と栗原が同じ会社に在籍していて、同期だと分かった瞬間は、この謎だらけの疑問を解く潮目になると思ったんですけど」

「そんなにうまくいかないよ」

二人が贋札作りの実行犯であり、殺人を実行した可能性はある。だが廣澤には網との関係性があるが、栗原には今のところ接点はない。

そもそも栗原は、どうしてゲルト・シュタルケを持っていたのだろうか。

島田から聞いた限り、ファッションには疎く、とても高級時計を持ち、見せびらかすような男ではない。同期の武宮の話からも堅実なイメージを抱いた。

栗原が網殺しに関わっていたら、ゲルト・シュタルケを持つことは、犯行発覚の時限爆弾を抱えるくらいリスクがある。

栗原はなにも知らずに、時計を所有していることをホステスに漏らし、島田社長に見せたのか。そうなると栗原は網章一の行方不明とは無関係になる。

考えすぎてこめかみが痛くなってきた。取調べができた時のために、たくさんの引き出しを用意するのは、二係捜査には必須《ひっす》であるが、考えすぎるとまとまりかけたものまで、糸のように絡まる。サワーを口にする。飲んで、絡んだ糸が解《ほど》けることもあるが、今日はまったく効き目がなかった。それよりまだビールとサワー一杯ずつなのに、早くも酔いが回ってきた。量を減らしたことで最近はすっかり酒に弱くなった。

「そろそろ帰ろうか」

「もうですか。飲み足りないんじゃないですか」

「ほろ酔いくらいがちょうどいいんだよ。それに森内も奥さんが心配してんだろ」

「分かりました。でもまた誘ってください」

目尻《めじり》に細かい皺《しわ》を寄せて屈託なく笑う。

「森内が奥さんの許可を取ってくれたら、いつでも誘うよ」

なにか答えが出たわけではなかったが、森内の笑顔は、気分転換にはなった。

16

「飛んだだと。いつからだよ」

廣澤俊矢が「松田がいなくなった」と報告すると、朝木は顔付きを変えた。

場所は五反田《ごたんだ》にある朝木の事務所だ。この事務所で、朝木は一人で不動産取引をやっている。不動産といっても地上げの為の土地の買い取りや、破産人から売るに売れない抵当権付きの土地を安く買い叩《たた》いている。

「初日は会社に来たんですけど、顔が腫《は》れて青痣《あおあざ》があったので、帰らせました。店長を降格させ、営業に回らせようと思ってたんですけど、あの顔では仕事にならないので。それが昨日も休むと店に連絡があって……まだ腫れも収まってないだろうから仕方ないと思ったんですけど、今朝になっても現れないため、新しい店長に連絡させたら、携帯が切れたままで……嫌な気がしてさっき、俺があいつの中野《なかの》のマンションに行ったら不在でした」

「それだけなら飛んだかどうか分からないじゃないか」

「それがこれが……」

そう言って長財布の中から、札束を五枚出した。

「これって松田が持ち出したヤツか」

「そうです、よく見てください」

朝木は老眼なのか、目から離して見る。

「どれも俺が作った金じゃねえか」

「目を凝らして見てください」

「分かんねえよ。それだけ完璧《かんぺき》な出来だったんだから」

文句を言いながらも一枚ずつ親指と人差し指で擦って確認していくが、触感では確認できない。それだけの酷似した紙を、朝木のコネクションで手に入れた。インクもそうだし、印刷したのも腕の立つ印刷工である。そこで朝木は気づいた。

「一枚だけ記番号が違ってる」

「それ、本物ですよ」

原版は一つなので記番号がすべて同じだ。

「どうして一枚だけ本物なんだ、あの野郎が持ってるってことか」

「かもしれません」

「どうしてだ」

「脅しのつもりかもしれませんね。自分を捜すとこの偽札を警察に持ち込むと」

「ふざけやがって」

朝木は拳《こぶし》でソファーを叩いた。

「廣澤、どうして松田を身近に置いておかなかったんだよ」

いつもは社長と呼んでくるが、その余裕もない。俊矢も焦って朝木の事務所に来たが、今は幾分落ち着いた。

「ですから痣ですって。朝一だったから他の店員に見られずにすみましたが、あの顔で店に出たら、店員が怪しみます。朝木さんが悪いんですよ。手加減しないから」

「おまえが痛めつけてくれって頼んできたんじゃねえか」

「顔はやめてくれと、言ってたはずですが」

「知らねえよ。俺は腹を狙ったのに、あいつが頭を下げてきたんだ」

朝木の蹴《け》りが顔に命中したのは一発だけだ。口が切れたが、そこまでまともに喰《く》らったように見えなかった。それでもあれだけ青痣ができるのだから、元ヤクザの威力は凄《すさ》まじい。

「廣澤だって、調子こいて蹴りを入れていたじゃないか」

「そうでしたっけ」

「惚《とぼ》けてんじゃねえよ。おまえ、松田の反撃が怖くて俺に頼んだんだろ？　松田が弱ってから、手を出したんじゃねえか」

「朝木さんはなんでもお見通しですね。朝木さんのせいにしたのは謝罪します」

朝木との関係はつねに俊矢が下だ。

興国商事時代、プライベートブランドを製造させていた工場に暴力団が関わっていることを知り、俊矢は業者を一方的に切った。

ところが背後の暴力団が激怒して、俊矢が工場から高額接待を受けていたことを会社に通報する、マスコミにも知らせると脅してきた。

困った俊矢は、知り合いを通じて、堅気になっていた朝木に、仲介役を頼んだ。

朝木は会社が認めてくれた範囲内の示談金で済むよう暴力団を説得してくれた。

ただその不祥事のせいで、俊矢は子会社に飛ばされることになり、同期で最初の島流しは恥ずかしいと、たった三年で興国商事をやめることにしたのだった。

一般退職扱いで済んだのは、工場と契約していたのが前任者であって、もし俊矢が探してきた工場であれば、懲戒解雇もありえた。

実質クビになったことに朝木は同情し、退職後に寿司に連れていってくれた。朝木には他にも世話になったが、原版を手に入れてなければ、ここまで深くは付き合っていない。

「一枚だけ本物入れるなんて、番号を調べられりゃ、すぐにバレるだろうよ」

朝木が顔を歪《ゆが》めてタバコを吸う。

「本物と区別がつかないほど精巧に作られてますからね」

「違《ちげ》えよ。なんであんたが気付かなかったんだと言ってんだ」

「まさか本物を返すとは思わなかったので、そのまま金庫に仕舞ったんです」

その点は俊矢が迂闊《うかつ》だった。

「脅しじゃなくて、使ったとは考えられないか」

「それはないと思います。いきってますけど、あいつ、ああ見えてビビりなので」

「ビビりが五枚も持ち出すかよ」

「俺が数えないと思ったんですよ。数えてる姿を、あいつは一度も見たことがないんで」

そうは言ったものの、俊矢が思っている松田が抜き取った理由は違う。松田は、あの偽札を俊矢や朝木がどう使っているか、気付いていたのだ。だから盗んでも発覚しないと思った。

「朝木さんはどうして松田が一枚だけ本物とすり替えたと思っていますか」

「使ってないのであれば、あんたが言った通り、俺たちを脅すためだろう。もしかして他の意味でもあるのか」

「いえ、その通りです」

胸のざわつきは拭《ぬぐ》えなかったが、今、騒ぎたてることはないと心に蓋《ふた》をする。大丈夫だ、そんな最悪の展開にはならない。

「それより時計だよ」

煙を吐きながら朝木が目を向ける。

「惚けるなよ、ゲルト・シュタルケだよ。報酬は現金でくれよ。使えない時計なんて、俺には意味はねえ。価値が出るって言ってたんだから、一八（千八百万）でいい」

千五百万と言って渡したのに、いきなりプレミアムをつけろと要求された。時計を渡してから一ヵ月余しか経っていないのに。

「今、売るのは絶対にもったいないですって」

そう言ったが、本音は違う。ゲルト・シュタルケ五本で少なく見積もっても一億の利益を予定していた。それが一本も店頭で販売できなくなり、計画が大幅に狂った。栗原と松田に売れ、時計の所持を世に知られることなく、予定の三分の一程度の金が入ってくると安堵《あんど》したところだった。

今、興廣貴金属の資金繰りは苦しい。大阪店の売れ行きが悪くて資金難なのに、ここで朝木に千八百万を支払えば、会社は倒産まっしぐらだ。

「たった一ヵ月でそこまで上がらないですよ」

「じゃあ、千六百でもいいわ。色さえつけてくれれば納得する。俺は買った時計を一度も嵌《は》めてないんだぞ。あんたに頼まれて保管したのも同然だろ？　保管料をもらわねえと」

訳の分からない理屈をこねてくる。ここで反論すると、朝木の逆鱗《げきりん》に触れる。

「どうしてもというなら、千六百万で買い取りしますが、本当にいいんですね？　あとになって五倍、十倍に跳ねあがった時、あの時と同じ金額でもう一度売れと言っても無理ですよ」

朝木は急に眉《まゆ》を寄せた。

「あんた、最初にもすぐ三千万、五千万になる、将来的には一億も目じゃないと言ったけど、そうなるかなんて分からないじゃないか」

「分かりますよ。すでにオファーがありましたし」

「知り合い以外、誰にも見せないって言ってたじゃねえか」

「俺じゃありません。栗原って覚えてますよね」

「忘れるわけねえだろ。そいつがあの女から原版を仕入れてきたんだから」

「その彼があるコレクターに見せてしまったんです。コレクターは三千万まで出すと言ったとか。もちろん、彼は断りましたけど」

「誰にも見せるなって、そいつに言ってなかったのかよ」

「注意してたんですけど、ホステスだから大丈夫だと思ったみたいです。そしたらそのホステスからコレクターに伝わって」

「それなら俺がそのコレクターに売るよ。三千万なら充分だ」

説明してから、しまったと臍《ほぞ》を嚙《か》む。朝木は腹が恐ろしいほど据わっているが、金に関してはせこい。

「でも二倍ですよ。たった二倍」

苦笑いしてそう言うと、朝木は悩み始めた。余裕を見せているが、俊矢は、朝木が売ると言い出すのではないかと、心臓がバクバクいっている。

「今のままではいつまで経っても売れないんだろ」

「すぐは無理ですよ。でも一年もしたら、誰がどこから仕入れたか調べようがなくなりますから、そこが売り時です」

「一年か、それくらい時間は必要かな」

今日の朝木は案外、物分かりがいい。

「あんた、あのディーラーに聞かなかったのかよ。二十本の予定が五本しか作れなかったと」

「アルコール依存症で、施設に入ったまでは聞いたんですが、てっきり二十本全部作り終えたと思ってました」

「あんたらしくないミスだな」

「俺がというより、あのディーラーがそう信じてたんですよ。ゲルトは必ず復活して残り十五本を完成する。そのために施設に入るのだと」

「施設に入るほどひどいってことは、指が震えて、朝から飲まなきゃやってられないレベルだろ。完治するかよ」

網の話だと、シュタルケは酒好きだったが、依存症になるほど飲むようになったのは、自分の時計が評価され、たくさんのオファーが殺到、製作時間に追われるようになってかららしい。

――自分の好きなように静かに製作することで、芸術品レベルの時計を生み出したんだよ。それを騒がしい表舞台に立たせたわけだから、彼には悪いことをしてしまったよ。最初の一本が高く売れたことで、そのことがシュタルケのためを思い、世界中の高級時計店に声をかけて注文を取った。網はシュタルケの神経を参らせたと後悔していた。

「それに俺が偽札を処分しようとしたのに、あんたが使わせてくれと言った。それが今回の面倒を招いてることを忘れるなよ。一流商社マンは抜け目ないと思ったけど、今回のあんたはミスだらけだ」

また責められた。その結果、朝木の手を借りたのだから返す言葉もない。だが俊矢にしたって、朝木の頼みを聞き入れ凶暴な仕事を手伝ったから、どっちもどっちだ。

「朝木さんは処分するにしてもどうするつもりだったんですか。前に河川敷に大量の偽札が捨てられていたことがありましたよね。そんなことをすれば大ニュースになりますよ」

「俺がそんな愚かなことをするか。自分の焼き場で燃やしたよ」

そうだった。この男は焼却場を持つ工場の債権も持っていて、自由に使えるのだった。

最初に栗原から預かった原版を朝木に見せた時は、朝木が欲しいと言うのなら貸しを作りたい、その程度だった。

一ヵ月後、朝木が支配下にある印刷所を使って刷った数枚を見せられた時は、あまりの出来の良さに驚愕《きょうがく》した。

同時に震えもやってきた。

この偽札が市場に流通すれば、いくら出来がいいといっても、捜査機関は知ることになる。そうなれば朝木は捕まり、芋づる式に俊矢も引っ張られる。偽札の原版とは知らずに渡したという言い訳は通じないだろう。

心配になった俊矢は使うのは考えてくれませんか、と懇願した。

――心配には及ばねえよ。市場には一枚も出さねえから。

朝木はそう言ったが、俊矢はにわかに信じられなかった。市場に出さない金の使い方などあるのか。それではただの飾りじゃないか。

だがそう問うと、「その通り、飾りだよ。元興国商事はやっぱりおつむはいいんだな」

と本気なのか皮肉なのか真意を汲《く》み取れない言葉を言われた。

朝木がやっている家の立ち退き、あるいは不渡りとなった手形のとりまとめでは、どれだけ資金を持っているかで主導権を握れるらしい。

――どいつもこいつも金に飢えてんだ。地上げなら目の前で金を積む、債権なら札束を目の前でちらつかせる。

――その場で金を渡すことになるじゃないですか。

――一旦《いったん》持ち帰るんだよ。だけど金に目がくらんだ人間の脳はそう簡単に正常運転できない。すぐに俺のもとにやってきて、あなたに任せると言ってくる。

――結局、金を払うことになりますよね。

――そこが俺の腕の見せ所だ。返事をするのが一日遅かった、他からもっと安い額で手形の引き取りの申し出があったなどと難癖をつけて、安くしたり、分割払いにしたりする。俺が金を持っているのは知ってるわけだから、大抵の連中は契約書さえ作れば、こっちの要求を呑《の》む。

そうやって朝木はこの一年間に、数億円の利益を得た。

俊矢は裏社会の商売というのを改めて思い知らされた。さらにはどうして何年かに一度、偽札が発見されるのかも。朝木のように見せ金として使用されているのだ。

元はと言えばこの原版も、反社が同じ理由で、あの女に作らせたものかもしれない。

朝木が処分すると言ったのは、この七月から一万円札の肖像画が福沢諭吉《ふくざわゆきち》から渋沢栄《しぶさわえい》一《いち》に変わった新札が発行されたからだ。

処分と聞き、俊矢もこれで自分にお縄が回ることはないと安堵した。だがどうしても自分で使わざるをえなくなった。それが網との取引だった。

網と知り合ったのは商社マン時代、休みのたびに古いベレットで、下高井戸にあった網が経営していたアンティークショップに顔を出した。

旧車に乗っていたこともあるが、網は俊矢のアンティーク好きを一発で見抜いた。

時計を一本ずつ紹介してくれた。

──この時計はナポリのショップがメーカーに別注をかけたものだ。ナポリはイギリスの貴族たちがバカンスを過ごす地で、たくさんの別荘があったんだ。だからナポリにはイギリスと同じくたくさんの仕立て屋ができたんだ。

──これは世界初の防水時計だ。イギリス人の女性がこの時計をつけて、ドーバー海峡を十時間かけて泳ぎ切り、完全防水であることを証明したんだよ。

時計にまつわるたくさんのバックストーリーを話してくれた。すっかり網の話の虜《とりこ》になった俊矢は、休日のたびに店に顔を出した。

何本も時計を買ったが、どれも五万円から十万程度のもの、しかも飽きがくると網が購入価格の八割で引き取ってくれるので、懐が痛むことはなかった。

網の話はつねに新鮮で、俊矢の心を躍らせた。

──途上国に行けば行くほど、古い時計に出会えるんだよ。いい物というのは時代と逆行するかのように、デジタル化された人から、けっして豊かでない人へと行き渡っていったんだ。だけど他のガラクタと違うのは、時計は発売当時よりはるかに高い価値を得ている。それは名工によって時間をかけて作られたからだ。素晴らしいものは修理して大切に使えば、価値が錆《さ》びることはない、そのことを私は時計から教えてもらったよ。

商社も網と同じように貧困国で資源などを得て商売している。だが商社は高く売れるものにしか興味はないし、買い叩《たた》いて、売れなくなったらすぐさま手を引く。だから現地人からも尊敬されない。

網は違った。ボランティアで劣悪な環境の国に行き、儲《もう》け度外視で高く買い取る。貿易に携わる人間がみんな網のような美しい心の持ち主であるならば、世界各地で紛争や植民地争いなど起きなかったのではないか。

そこまで心酔した網だから、従業員に金を持ち逃げされ、店を閉めると言った時も、「俺に店を引き継がせてもらえませんか」と頼んだ。

――きみは一流商社で働いているんじゃないか。こんな薄商い、やるもんじゃないよ。

――俺は古いものを大切にするという網さんの精神を受け継ぎたいんです。そしてこれからも網さんが海外で仕入れたものを、良心的な価格で売ります。なにせ網さんの時計には、たくさんの物語が時間とともに刻まれているんですから、お客さんにも大切に使ってくださいと訴えていきます。

ちょうど子会社に飛ばされるタイミングだった。迷いはなかった。

——それならここにある時計は全部、持っていっていいよ。もう私は充分、儲けたから。

——本当ですか。ありがとうございます。

下高井戸の店舗は古いなりに雰囲気があって好きだったが、家主が譲渡を認めてくれなかったので渋谷で店舗を探した。「60セコンズ」と名付けたのは、網の店が「10《テン》ミニッツ」だったからだ。商品だけでなく、十分の一でも網の精神を受け継いだつもりだった。

再びボランティアに出た網だが、ある時、現行品の複雑時計を持って俊矢の店に現れた。

——この時計、廣澤くんの店で置いてくれないか。すごく腕のいい時計技師が作った時計なんだよ。

旅先で知り合った職人から百万で買い取ったらしい。ゲルト・シュタルケという職人は、俊矢は聞いたこともなかった。

——販売委託という形で、金は売れてからでいいから。

委託ならと預かったが、無名の職人の時計が百万で売れるはずがないと俊矢は思った。ところがたまたまやってきた時計マニアがひと目で気に入って購入していったのだった。

俊矢はすぐに、ボランティア先に戻った網に連絡を入れた。

——ゲルト・シュタルケ、即売れました。それどころか、また次の商品が入ったら連絡欲しいと名刺を置いていきました。これは時計ではない、芸術品だと絶賛していましたよ。

──それは良かった。ゲルトも喜ぶ。

それからだ。アンティーク中心だった60セコンズが現行品、それも百万どころか、二百万から五百万、時には一千万超えの高級品を扱うようになったのは。

時を同じくしてジュネーヴのコンテストで、ゲルト・シュタルケは金賞を受賞し、評価が急上昇した。日本でも銀座や六本木《ろっぽんぎ》の名店が扱うようになった。だが一番多く仕入れたのは60セコンズだった。

それはゲルト・シュタルケが代理店を通さず、信用する網に販路の開拓を任せていたから。

個数が少ない上に、欲しい人が多いから、価格を上げても即完売する。いつしか俊矢は、網から受け継いだ古い時計を廉価で販売して大切に使ってもらうという精神を忘却した。

朝木が自分の調査網を使って松田を捜すというので、俊矢は朝木に任せて彼の会社を出て、信号を右折しようとしていたタクシーに手を挙げて合図した。タクシーは方向指示器を消して直進し、俊矢の前に停まった。

乗車してからもう一度、朝木の頭の中を探った。俊矢がもっとも危惧《きぐ》する事態、松田があの偽札を持って警察に逃げ込んだとは朝木は疑っていないようだ。俊矢からも疑念は薄れていた。松田にそこまでする度胸はない。きっと半グレ時代の仲間のもとに身を潜めているはずだ。

ただしそう思い切れない理由は、ヤツはどうして一枚だけ偽物を返さずに、本物にすり替えたのかということだ。

朝木の前では脅しと言ったが、あの小心者の松田が、背後に朝木がいることを知って、俊矢を脅迫してくるとは思えない。そうなると一枚はどこにあるのか。もしやヤツが使ったのか、それとも……。

朝木が言うには、あの札はどんな相手に見せても見破られたことはなかったそうだ。

俊矢が知る限り、見破ったのは一人だけ——。

すでに世界的ウォッチメーカーとなったゲルト・シュタルケが、ジュネーヴのフェアで新作のミニッツリピーターを発表、限定二十本製作するというネットニュースは、俊矢もリアルタイムで知った。

——そのうち五本は私の手元にあるよ。

網からそう聞いた時、俊矢はすぐさま網に懇願した。

——その限定モデル、全部、うちで扱わせてくれませんか。西麻布だけでなく、新たにオープンさせた大阪店の目玉にしたいので。

網との間には、築き上げた長年の信頼関係がある。網の方から最初からそのつもりだったと言ってくれると思った。

ところが網は口を結んで、顎《あご》に皺《しわ》を寄せた。

——どうしたんですか、網さん。

そう言って促すと、網は悩ましげな表情で返事をした。

——今回は一本しか廣澤くんには売れないんだ。

——今までは俺が欲しいと言えば、網さんは何本でも譲ってくれたじゃないですか。

まさか他店に先に声をかけたのですか。

——そんなことはしないよ。話したのはきみが最初だ。

——それならどうして。

——今回は今までのように安くというわけにはいかないんだ。ゲルトは今、アルコール依存症に苦しんでいて、時計製作をしばらく休まなくてはならなくなった。ゲルトに復活してもらうためにも、リハビリ施設に入って、休養するよう説得したんだ。彼には家族がいるから、費用もいる。だから今回、私は儲けを出してゲルトに還元してやりたいんだ。最低二千万は取らないと、ゲルトと家族は幸せに暮らせない。だけど廣澤くんにそんな高値で売る気はない。だから一本だけで我慢してくれ。

千五百万円で一本のみと、条件を提示してきた。

だが俊矢も譲らなかった。

——一本二千万なら出せます、だから五本全部ください。

——おいおい、一億だぞ、それもキャッシュだ。いくらきみが最近、飛ぶ鳥を落とす勢いで店舗を広げてるといっても、一億を揃えるのは無理だろう。

網は首を縦に振らなかった。

そこで後日、現金を見せることを約束した。

もちろんそんな大金、手元になく、銀行からも目いっぱい借りている。頼れるのは朝木しかいなかった。

幸いにも朝木は旧札になった偽札を焼却せずに所持していた。それを受け取り、約束した期日、興廣貴金属にやってきた網に見せた。

手ぶらで来られるかと思っていたが、網は世界二十本のミニッツリピーター五本をスポーツバッグに入れ、一箱ずつキルティングに包んで持って来た。

——金はこちらです。

金庫から出しては札束を机に積む。近くに置くと記番号が同じだと気づかれるので距離を置き、札束を上に重ねていった。

——きみ、すごいな、キャッシュでこんなに用意できるなんて。

売買成立と思った。ただし、今ここで偽札を網に渡せない。

朝木のようにいちゃもんをつけるわけにはいかないが、急な支払いが生じたと言い、支払いを二週間延ばしてもらうことで約束が取れた。

二週間あれば一本、二千五百万以上ですべて売り切れる。網に一億払っても、手元に二千五百万円残る。

販売のために一つ一つ、日差《にっさ》を調べるなど精度を確認し、シリアル番号を調べたいので時計を預からせてほしいと言うと、網は了解してくれた。だが途中から何度も首を傾げ、いつもなら酒に誘われるのに、無言で帰って行ったのが気になった。

翌朝、電話があった。電話の声からして穏やかな網とは違っていた。

――廣澤くんはいつもあんなことをしているのか。

――あんなことって、なんですか。

――偽札だよ。

なぜバレたのか頭がパニックになる。手に取って見たわけではない。網の距離では記番号が同じであることも気づいていないはずだ。

――あんなもので商売してたら、間違いなく刑務所行きだぞ。

正義感の強い網だ。警察に連絡されたら大変なことになる。心臓が破裂しそうだった俊矢は「すみません。手持ちに現金がなくて」と素直に謝った。

――二度としないならいい、あんな偽札、すぐに処分しなさい。

そう言って許してくれた。

時計を返却すれば許してくれるのか。だが返却するには惜しいし、網が心変わりして警察に連絡したら、取り返しがつかなくなる。

網には時計の返却をしたい、ただしオフィスだと万が一、社員に訊《き》かれると困るので、興廣貴金属の社員が、コロナ時にリモートワークで使っていたビジネスホテルで会いたいと連絡した。

約束した時間にホテルの一室に現れた網に、俊矢は土下座して詫《わ》び、時計を返却した。網は怒ってはいなかった。むしろ、こんな偽札どうやって手に入れたんだと質《ただ》された。石川県にドライブに行った時、謎の女性と出会った。その女性がこの原版のせいで、本来の工芸製作ができない、危ない連中に追われていると言い、持ち去ってほしいと頼まれた。それを知り合いに頼んで印刷してもらった……栗原穂積から聞いた話と自分とをごちゃまぜにして話した。

――その女性はどうして追われていたんだ。

――おそらく隣国から逃げてきた女性だと思います。

――隣国って北朝鮮か？

――分かりません。俺には日本人に見えたので。

――その女性を助けたい気持ちは分かるけど、原版を持つだけでも危険なのに、印刷したとなるときみの身が危なくなるぞ。きみだけじゃない、印刷した工場主も、紙やインクを調達した人間も、だ。

――俺の軽率な行動で、多くの人を巻き込んでしまいました。

――私で助かったと思った方がいい。私はあらゆる国で偽札を摑《つか》まされそうになった。誰よりも目が利くんだよ。きみは私の目をまやかそうと遠目においたけど、私には分かった。

――でも網さんに渡すつもりはなかったんです。時計を預かって速攻で顧客に売って、網さんには本物の金を渡すつもりでした。

――騙《だま》そうとしたことは同じだよ。

――おっしゃる通りですね。自分はとんだ愚か者です。

――反省しているなら、すぐにその金は燃やしなさい。

――はい、そうします。

返事をしながら、左手の腕時計を確認した。ちょうど時間だった、部屋のチャイムが鳴った。

網は顔を上げて訝《いぶか》しんだ。

――ホテルのスタッフだと思います。来る前に飲み物を頼んだので。

俊矢はドアを開ける。

大きなリュックを背負った朝木が立っていた。

朝木は一直線に向かって網の太腿《ふともも》に蹴りを入れ、網が体をよろけさせると、背後に回って握っていた紐《ひも》を首に巻き付けた。

――やめろ。

紐を外そうと必死に抵抗していたが、その手は離れ、網は絶命した。

17

西麻布から廣澤俊矢のあとを付けた信楽と森内は、彼が五反田駅からほど近い、古いビルに入ったのを確認した。

信楽より十メートル前を歩いていた森内が走ったから、廣澤はエレベーターに乗ったのだろう。信楽もダッシュをかける。

「どうした」

エレベーターは四階に止まった。すぐにビルの案内板で確認する。このビルの四階には一社しか入っていない。「成暁興業《せいぎょう》」と記されている。

「廣澤の商売とは関係なさそうですけどね。顧客の可能性もありますけど」

「俺は一旦《いったん》、カイシャに戻ってこの成暁興業がなにものか調べてみるよ。他所《よそ》の部署にも協力を要請しないといけない。森内は張り込んで、廣澤が出てくるのを待ってくれ」

建設会社のような社名だが、それなら駅前に事務所を構えないだろう。ただものならぬ匂いがする。

「分かりました」

「俺が見てるから飲み物でも買ってこい。脱水になったら大変だから」

西麻布の興廣貴金属に朝の九時から張り込んだ。一階の60セコンズ麻布本店に店員らしき男女が入っていくが、開店時間の十一時を過ぎても廣澤は現れなかった。

ところが、十一時十五分にやってくると、五分ほどして彼はタクシーで移動した。信楽たちも車二台に分乗して、あとをつけた。あえて分かれたのは絶対に尾行を知られないため。車を交互に前に出す作戦だった。普段ならここまではしない。今回は特別だ。

「じゃあトイレだけ行ってきます」

近くの商業施設に向かっていく。三分もしないで、駆け足で森内が戻ってきた。そんな急がなくてもいいのに、と思ったが、レジ袋も持っているから飲料水を購入していたようだ。

長丁場になるかもしれないのだ。警察官も適度の水分補給は大事で、根性だけで耐える時代は終わっている。

袋には二本入っていた。

「部屋長、どうぞ」

一本は炭酸水だった。

「俺はカイシャに戻るからいいのに」

「今朝も走ったんでしょ。まだ完全に水分戻ってない可能性もありますよ」

後輩の心配りをありがたく受け取った。

警視庁に戻ると、すぐにデータベースで成暁興業を検索するがヒットしない。

五分もしないうちに泉がやってきた。

「部屋長、分かりましたよ」

「本当かよ」

「組織犯罪対策部《そたい》が教えてくれました」

一課長が外出していたので、泉に頼んだのだが、庶務担管理官が訊いたことで、組織犯罪対策部も協力してくれたようだ。信楽ではこんなにすぐに調べてはくれない。

「成暁興業は主に不動産関係を扱う会社です。社長は朝木成之、五十七歳。この男、今は解散してしまいましたが、港区をねじろにする暴力団の、若頭まで行った男で、前が三つあり。傷害と恐喝、それと猥褻《わいせつ》図画販売ですね」

「猥褻図画、そこだけ浮いてるな」

「もう三十年以上前の朝木が二十四での逮捕ですけどね。その一件のみ執行猶予がついています」

「組対の見立ては」

「武闘派で知られてた男ですが、同様に頭もキレるようです。今は地上げ、あるいは破産した者の財産の差し押さえ、債権の回収、法のギリギリをやっています。ただし堅気になってからは逮捕どころか、取調べもありません」

これこそ泉が訊かないことには、組織犯罪対策部は詳しくは話してくれなかっただろう。

「助かったよ」

「他の部署も聞きましょうか。捜査三課《さんか》と生活安全部《せいあん》も連絡はしたのですが、管理官が離席してまして」

「三課や生安は関係ないだろう」

「二課に聞くわけにはいかないですしね」

「そんなことしたら、核パスタが角を突き出して飛んでくるよ」

「なんですか、核パスタって」

泉に増永から聞いたことを説明すると、「増永さんって、やっぱり知識人ですね」と警察庁でのあだ名であるのに増永がつけたかのように感心していた。

泉が去ってから信楽は再びデータベースで調べた。話していた通り、朝木には前科は三つあり、しかも一度は土地取得のための脅迫と傷害で三年服役している。

殺人事件の捜査となると、果たして廣澤俊矢一人では弱いと思っていた。網舞香と会ってから改めて確かめたのだが、網舞香も一七〇センチくらいの身長だったが、網章一も一八〇センチ、七五キロと結構がっちりした体格なのだ。六十四歳だが、海外でボランティアをしていたくらいだから、それなりに筋力はあるだろう。

一方、今朝から尾行した廣澤俊矢は一六〇センチ台後半くらいだった。

体力差があっても凶器を使えば人を殺すのは難しくないが、ここに朝木が嚙《か》んでくると筋立てはしやすくなる。もっとも朝木を取り調べるには、廣澤だけでなく、朝木までが贋札《がんさつ》事件に関与し、通貨偽造の罪で逮捕されなくてはならないが。

仮に二人を逮捕したとしても、自分たちにどれだけの取調べ時間をくれるのか。確実に有罪に持っていくには調べ足りないと、二課は意地の悪いことをしてくるかもしれない。同じ組織の仲間であるのに協力できないことが、信楽が警察組織にいてもっとも悩ましく思っていることだ。

一時間後、森内から連絡があった。

〈廣澤はすぐにタクシーに乗ったので追いかけられなかったのですが、直後にタチの悪そうなスキンヘッドの男が、四階で停止したエレベーターに乗って降りてきました〉

「それが朝木成之じゃないか。朝木は元極道だ」

〈靴の踵《かかと》を踏んで、俺は裏社会の人間だと示しているような歩き方をしてました〉

見かけで判断するのは刑事がしてはいけない鉄則の一つだが、人を殺せる男なのか、そうした凶暴さは知らないより知っている方が、いざ確保となった時に警戒して臨める。

〈廣澤を追うべきでしたかね。タクシーを探したんですけど、全然来なくて〉

「朝木でいい判断だよ。俺は廣澤より、その朝木の方を調べたいと思っていたから」

この後、信楽は昔、朝木が籍を置いていた組関係者などを当たるつもりでいた。データベースには以前いた組の名称と、ともに逮捕された男が二人出てきた。

〈それは良かったです。朝木はビルから百メートルほど先のラーメン屋に入りました〉

三店舗を経営する廣澤はそう簡単に逃走はできない。だが朝木が一人で仕事をしているなら、行方をくらまされる危険性もある。それまでに朝木に関するあらゆることを調べておきたい。

「応援を出すように泉管理官に頼むからそれまで森内が朝木を張っていてくれ」

〈自分なら二十四時間大丈夫ですよ〉

「森内には俺と一緒に朝木が前にいた組の連中を当たってほしいんだよ」

〈了解しました。では応援が来るのを待ちます〉

信楽は席を立って幹部室に向かおうとした。再び泉が入ってくる。深刻な顔をしていた。

「どうした、管理官」

「それが吉光課長から一課長宛《あて》に電話がありまして。信楽巡査部長と森内巡査部長が我々との約束を破って捜査妨害をしていると」

「またかよ」

考えられるのは一つしかなかった。二課も廣澤を尾行していたのだ。そして信楽たちが割り込んできたことに気づいた。

「一課長はどう言ってるんだ」

「それが……」

泉も言いにくそうだ。信楽を気遣っているだけではない。上司への憤慨も窺《うかが》えた。

「気にしないで言われた通りに言ってくれよ。上意下達が組織の鉄則だ」

「捜査から一旦《いったん》引いてくれ、でした」

想像していた通りのことだが、落胆した。

「その通りにすると伝えておいてくれ」

そう言ったものの、信楽が上司の命令違反をするのではないかと泉は気が気でなかったはずだ。泉に心配をかけさせまいと、目の前でスマホを手にした。

「森内か、さっきの話は撤回する。至急、戻ってきてくれ」

通話を切ってスマホをポケットにしまう。

「ありがとうございます」

上官の泉が一礼した。

頭を下げながらも、泉も腸《はらわた》が煮えくり返っている。信楽も炎が立ちのぼるほど、心の中は怒りで燃えていた。それでも堪《こら》えて、ポーカーフェイスを貫いた。

18

穂積は広いキャンパスを歩いて辿《たど》り着いた事務局で、汗を拭《ふ》きながら待っていた。

おそらくこの大学も教えてくれないだろう。

廣澤から朝木が元ヤクザと聞いてから、心配で仕事にも身が入らなくなった。反社の人間が、刷った偽札を使わないわけがない。

処分してほしいと頼んできたおくかわさとみに謝りたい。そう思って、穂積はさとみ捜しを始めたのだった。

外国のスパイだと廣澤は話していたが、本当にスパイなら、どうして日本国内で危険な原版を持っていたのか。印刷するのなら、母国の方が安全だ。

やはり彼女は日本人ではないか。今も日本のどこか、あの森の中のような静寂な地に移住して創作活動を続けている。そう思って彫刻科のある都内の芸術系大学を回っている。

五分ほど待たされて、年配の男が出てきた。

「卒業生について調べているのはあなたですか」

「はい、そうです」

椅子に腰かけてスマホを眺めていた穂積は立ち上がって近づく。

「どのようなご用件ですか」

「こちらの卒業生に、おくかわさとみさんという方はいらっしゃらないかと思いまして」

さきほど若い職員に説明したことと同じことを言う。

「あっ、年齢は三十歳くらいなので、七、八年前の卒業生だと思います」

自分と同じ歳くらいに見えたから、おそらく卒業したのはそれくらいだ。

「卒業生であっても、プライベートなことは話せないんですよ」

「在籍していたかどうかもダメですか」

「はい、そうしたことも」

ここまでの二つの大学と同じことを言われる。調べている理由を個人的な事情だと言ったため、二校とも断られた。穂積は興国商事時代の名刺を出した。こんな時のために捨てずにとっておいたのを持ってきた。非鉄金属部と部署まで書いてある。

「興国商事の方がどうして」

職員が名刺を手に取り、じっと眺めている。

「私は銅を担当しています。前におくかわさんから原版にする良質な素材はないかと相談を受けたんですが、その時はふさわしいものがなくて。それが最近、エッチングに適した銅が開発されたので、ぜひ連絡を取りたいのです。うちとしても有名な作家さんに使っていただきたいので」

嘘がペラペラと出る。エッチングとは化学薬品を使って銅などを腐食させて表面加工する技法で、彼女のやり方とは違う気がするが、銅を使っているのは本当だし、銅版画というよりは専門用語を使う方が、相手も信用する。

名刺が効いたのか職員は調べると奥へ引っ込んだ。去ってから彫刻科と伝えるのを忘れたと思い出したが、大学なら学科まで言わなくても、氏名で検索できるはずだ。

今いる国立藝大が、日本の大学では芸術分野の最高峰である。ありうるとしたらここが可能性は高いと思ったが、三つ大学を巡った程度で当たりを引くという考えは甘い。

興国商事の頃がそうだった。険しい山道を辿って行き着いたのに、発掘試験をしたらなにも出ないことなど幾度も経験した。それでも諦めずに、情報を聞いては一目散に駆け付けることを続けていくうちに豊かな鉱床が見つかった。

大学ではなく、専門学校だった可能性もある。

いや、あれだけの巧緻《こうち》な技術を持っているのだから、それはないか。彫刻家の卵が集まるハイレベルな学校で学んだに違いない。絵画に比べると彫刻を選択できる大学は少ないが、この国立藝大ほどではないにしても、関西《かんさい》にも有名な彫刻家を輩出した大学はある。石川県は三大都市圏で比較するなら名古屋《なごや》圏が近く、新幹線が開通するまでは大阪の方が出やすかったから、進学先は関西方面かもしれない。

首都圏にはもう一つ、私立の比較的歴史の浅い芸術系大学があるが、さすがに今日行くのは無理だろう。もう古い名刺がないからだ。

まさか出した名刺を返してくれとは言えない。興国商事に電話をされたら、やめた後とはいえ問題視される。

職員が戻ってきた。

「うちの卒業生でしたよ」

「本当ですか」

職員はメモに名前を書き留めていた。奥川里美とあった。

「ただしおたくが言ったこととは、違いましたけど」

「違うって、年齢がですか」

勝手に同年代だと決めつけていたが、穂積より年下だったのかもしれない。まだ手に残っている抱きしめた時の感覚を思い起こす。ブロードのようにきめ細かな肌をしていた。

「学科はどこって言ってましたっけ？」

職員に訊《き》かれた。

「彫刻科ですけど。もしかして違うんですか」

「まぁ、いいや、それでなにを知りたいんですか？」

「連絡先を教えていただけませんか。銅の素材のことで相談したいので」

「さすがに連絡先は教えられませんよ」

「届け出ている住所だけで結構ですので」

ほとんどの大学は卒業生用に冊子を発行し、振り込み用紙も同封して寄付を募る。

「彼女、石川県ですよね」

「ええ」

当たっている。ただし「今もそこに住んでいるか分からないし」と難色を示される。

「それでもいいので教えてくれませんか」

「やっぱり難しいですね。仕事の話でしたら、美術を扱っている美術店に聞いたらどうですか。私は事務職なので詳しいことは知りませんが、有名な芸術家でしたら、すぐに連絡がつくんじゃないですかね」

ネットですでに調べた。「奥川里美」「奥川聡美」「奥川理美」「奥河里美」など考えられるあらゆる漢字を当て嵌《は》めて検索したが、芸術関係者では一人もヒットしなかった。

そう言ってしまうと、有名な作家と言った穂積の説明と辻褄《つじつま》が合わなくなる。それ以上話せばボロが出そうなので、頭を下げて棟を出た。

学生が行きかう緑に囲まれたキャンパスを歩きながら、もう一度、スマホで《銅版画、奥川里美》と検索したが、やはり出なかった。

名前を限定せず、《銅版画　販売》で画像検索をすると、数えきれないほどの作品が出てくる。

どれも里美から渡された原版に勝るとも劣らないほど、繊細に作られていた。

数枚、指でドラッグしていくが、作品の中から里美を見つけるのは無理だと諦《あきら》めた。

19

信楽はストレスを感じていた。

なにも刑事部屋に籠《こも》っているからではない。外を駆けまわる刑事とは違って、信楽の仕事は自席で資料を読むのがメインである。普段は苛々《いらいら》することなどない。

平常心でいられないのは、捜査二課が一課長に告げ口をして、捜査を止めてきたからだ。

一課は粛々と自分たちの事件を調べている——そんな当たり前のことも言えなかった自分たちのトップに憤りすら覚えた。

廣澤を尾行した信楽たちを追いかけて、二課は朝木のもとに行き着いたことも考えたが、二課は当初から朝木の存在を把握していたのではないか。だからこそ極秘捜査がバレないよう、張り込みしている森内に、現場から離れろと忠告してきたのだ。

そうなると朝木も贋札《がんさつ》作りに関わっていたことになる。だが元極道で、印刷業とはかけ離れた仕事をしている朝木がどのような形で贋札作りに関わっているのか。

いつ朝木が逮捕されても調べられるよう、落とせる材料を集めておく必要があるのだが、また捜査をしているのが二課に見つかり、一課長に告げ口が入ると泉にも迷惑がかかるため、動きようがない。

信楽は、人がストレスを感じるのは、仕事や生活のすべてが時間に囚《とら》われているからだと思っている。

○○しなくてはならない、早く○○させたい……そこにはすべて約束や期限という制約がある。

二係捜査にしてもそうだ。行方不明者の数は年間八万人もいる。「特異行方不明者」のうち失踪《しっそう》する理由が見当たらない者に絞っても、なかなかすべてを追い切れない。

今回のような端緒を見つけて、その行方不明者に専念すれば、その間、届けが溜《た》まっていく。

　事件というのは初動が大事だ。二係事件にしても生存の可能性があるとしたら早期解決しかない。網が贋札に巻き込まれたとしたらもうこの世を去っている可能性が高いが、今もどこかに拘束されているとしたら、一刻も早く被疑者に自供させることが、生きて救出することに関わってくる。

　さらに取調べも時間との闘いだ。二課がくれる時間が数時間なら、その短い時間で自供させなくてはならない。一般人の廣澤はまだしも、前科のある元極道の朝木を落とすのは至難の業だろう。そもそも現時点では廣澤と網に接点があるだけで、二係捜査に朝木の名前が入ってくる疑いはなに一つない。

　信楽はメモに記入したことを、ノートに書き移す作業を始めた。こうすることでこれまで調べた内容が整理できる。

　森内も最近、真似をするようになった。

　ただし彼はパソコンを使う。この書き移し作業は、書きながら漢字を思い浮かべ、そこでふと思い起こすことが珍しくない。パソコンは予測変換してしまうため、単に写すだけの作業になってしまう。

　それでも信楽は、若い刑事には彼らのやり方があり、そこからなにかヒントを摑《つか》むのだろうと考え、煩《うるさ》いことは言わない。

　自分の方が経験も豊富だし、事件に精通している、そう思うことじたいが思い上がりであり、事件はなにが当たりで、どうして間違った方向にいったか、ベテランでも完璧《かんぺき》には気づけない。

ただ時間勝負になった時、経験のない若手は焦る。

ベテランも人によってはパニックになるが、自分を落ち着かせる術《すべ》を持つ刑事は、追い込まれても慌てずにいられる。

信楽で言うなら、急いでいる時こそ原点に返る。自分はなにに端緒を感じたのか、自分のこれまでの考え方で果たして正しいのかを一つずつ確認していく。

それが時として被疑者を落とす準備となり、取調室で被疑者と向き合った時の心のゆとりとなる。そうは言っても、これまで時間と格闘し、もう少し冷静になるべきだったと後々になって反省したことは多々あるが。

今は興国商事のサステナビリティ本部に勤務している武宮という、廣澤と栗原の同期社員が話したことをノートに書き移している。

メモには取り切れなかったこともあるので、彼の顔を思い出しながら、できるだけ正確に書き写していく。

武宮は、二人の性格を正反対だと話していた。

ふと武宮が話した栗原が会社をやめると言った時の言葉が浮かんだ。だがその言葉はメモが出来ていなかった。よく耳にする普通の言葉だった気がするが。

あの時、最近、他の者から似たような言葉を聞いたと感じたのを思い出す。誰だったか。必死に記憶を手繰り寄せると、髪を前で揃えた小柄な女性記者が浮かんだ。

信楽はペンを止めた。手帳に書いた乱雑な字を必死にパソコンに打ち込んでいる森内を見る。

「なぁ、森内、人生の転機と言ったら、どういうことを思う」

「また部屋長が得意とする質問攻めですか。そう聞きながら答えは出てるんですよね」

「答えが出てないから聞いているんだよ」

本心を隠してそう言う。

「誰かがそんなことを言ってたような……」

「興国商事の廣澤たちと同期の社員だよ」

「思い出しました。栗原穂積が会社をやめる時に、旅行が転機になったと言っていましたね」

森内は手帳をめくる。彼はその部分は書き取っていたようだ。

「能登旅行でした。半島の先まで行ったとか。でもあれは栗原が言った言葉ではなく、武宮の言葉ですよね」

「だけど栗原は『その通りだよ』と言ったのだから、正解だったんじゃないか」

能登を選んだのは栗原だ。珠洲岬まで行ったと話していた。

「気分転換という意味だと自分は受け取りましたが」

「森内にとっての転機とはなんだ？　ただの気分転換にそんな大袈裟な言い方はしない

だろ」

「えっ、自分ですか。そう言われてもいろいろあるんじゃないですか」

「なんでもいいよ、森内の転機を教えてくれよ」

「そう言われても。恋愛や家庭、仕事とテーマによって変わってきますし」

信楽が思い浮かんだ中央新聞の向田から聞いた言葉は「転機」ではなく「ターニングポイント」だった。彼女が仕事を続けられたきっかけになったという意味だから、ターニングポイントも転機も類似語である。彼女は会社をやめないと決める転機になった、一方、栗原はその旅行を転機に会社をやめた。

「じゃあ、仕事に限定しよう。森内がカイシャをやめた。それじたいは転機というか」

「僕を勝手にやめさせないでくださいよ」

「俺がやめたでいいよ」

「部屋長にやめられたら困りますけど、やめたことじたいは転機とは言わないんじゃないですか。古い友人に会って影響を受けたとか、話を聞いているうちに自分が本当にやりたい仕事を見つけたとか、そうしたきっかけを指すんじゃないですか」

結果は反対だが、向田の使い方もそうだった。支局長や警察官との出会いが人生のターニングポイントで、それがなければ記者をやめていた、と。

「そうだよな。人との繋《つな》がりが該当するよな」

「部屋長はなにが言いたいんですか」

話そうとした矢先に、スマホが鳴った。

「悪い、泉からだ」

そう言って通話ボタンを押して耳元にスマホを動かす。

「大丈夫だよ、泉、管理官の顔を立てて、庁内でおとなしくしてるから」

冗談をこめたのだが、聞こえてきた声は、いつもの冷静な泉とは様子が違っていた。

20

廣澤とはしばらく会いたくなかったが、国立藝大に行った翌日、廣澤の部下から連絡を受けた穂積は、仕事終わりに興廣貴金属に向かった。

言われた時間より十分前に到着したが、廣澤は一階の店舗で接客中だったので、二階で待たされた。

初めて顔を見る女性店員がペットボトルの水を持ってきてくれた。新人のようだ。

「社長はただいま席を離れておりまして」と丁寧に答えられた。穂積と廣澤が友人なのも知らないようだ。

「類くんは？」

「えっ」

「松田くんだよ、この前までこの店で店長をしていた。ここにいるはずだけど」

「は、はい、外出しております」

はっきりしない言い方だった。まるで松田を知らないような。

いったい彼はどうしたのだろう。久々に声を聞いて、会えると思ってやってきたのだが、もう数週間も顔を見ていない。

「今井《いまい》店長は？」

渋谷店から麻布本店の店長に昇格した女性の名を出す。今井は休みだと言われた。

「それで社長が、一階で接客してるんだね」

「はい、そうです」

彼女が引き揚げて五分ほどして、廣澤が上がってきた。

「まったく、散々あれ見せろ、これ見せろと言いながら、最後は女房に相談して許可をもらってから来ると帰っていったよ。女房に相談すると言って、買ったヤツは過去に一人もいねえから」

よほど業腹だったのか、穂積を呼んだのも忘れているかのように、持ってきたペットボトルの水をがぶ飲みした。

「金曜なのに店員少なそうじゃないか」

渋谷店は夕方六時までだが、高級時計を扱う麻布本店は八時まで営業している。

「店長が急に風邪ひいて休みになったからな」

「売れてんだから、もう少しスタッフ増やした方がいいんじゃないのか」

「売れてねえよ。大阪店が想定より全然客の入りが悪くて、今月も間違いなく赤字だ」

「関西方面は外車の所有率が日本一高いから、間違いなく成功するって豪語してたじゃないか」

「外車が多いのは京都だろ」

京都だろうが、成功間違いないと言ったのは廣澤だ。

「京都の客でも大阪まで買いに来るだろうよ。近いんだから」

「来るけど、向こうは値切ってくんだよ。絶対定価で買おうとしない。それが関西の文化とばかりに説教を垂れてくる」

「車だって割り引きすんだから、下げればいいじゃないか」

「馬鹿言うな。あの店は値下げ交渉に応じるなんて噂が流れたら、東京の客までが下げろと言い出す」

怒りが収まらないまま、廣澤はトイレに行った。

奥川里美のことは言うまいと思っていたが、人を呼び出しておいて、悪いな一つ言わない廣澤に腹が立ち、戻ってきた廣澤に文句を言うことにした。

「奥川里美は国立藝大卒だったぞ」

「調べたのかよ」

「大学に行ったら卒業生であることは教えてくれたよ。さすがに連絡先は個人情報だと断られたけど。石川県出身なのも間違いなさそうだった」

珍しく動揺したように見えた廣澤だが、そこまで言うと、普段の余裕のある顔付きに戻った。

「おまえの知る奥川里美とは別人かもしれないだろ」

「そんなわけあるか」

「なくはないだろ。格段、珍しい名前ってわけじゃないんだし」

別人の可能性はあるかもしれない。そういえば職員は穂積の説明とはいろいろ違うと言っていた。ただマンモス大学ならまだしも、藝大なら同姓同名の確率は低く、ほぼ彼女で当たりだろう。

「どうして大学まで行って調べたんだよ」

「廣澤が言った外国の工作員ではないような気がしたからだよ」

「工作員は留学なんてしないってか？　そんな理由は通用しないぞ。技術を学ぶために日本の大学で学んだのかもしれない。奥川里美という通名を使って」

「そんな後ろめたい境遇なら、警察に空き巣が入ったなんて通報しないだろ。いくら組織と手を切りたいからって」

理屈に合っていると思ったのか、その点については口達者の廣澤も言い返してこなかった。代わりに別のことを言ってくる。

「心配しなくても大丈夫だよ。彼女は無事に暮らしてる」

「どうして無事だって知ってんだよ」

「栗原がそう言ってたじゃないか」

確かに家は無事だった。だが引っ越した先で被災しているかもしれない。

廣澤は地図を広げて家を教えろと言った一ヵ月後、地図を見たらあの地域は被害が小さかった、行方不明者名簿を確認したが名前はなかったと話した。里美が住んでいた家はなんともなかったが、周りには崩落した家も目立った。廣澤の言ったことじたい、今は信じられない。

その時、ドアが急に開いて、スキンヘッドの男が入ってきた。

朝木だ。

「なんだよ、こいつも一緒なのかよ」

入ってくるなり朝木は苦々しい顔をした。

それを言うなら、穂積も同じだ。二人だけの秘密と約束した偽札の原版を、まさかこんな品のない元ヤクザに渡して、偽札を製造、使っているとは考えもしなかった。

「それより、急に来てくださいなんて、なんの用だよ、俺だって忙しいんだよ」

「用って、俺は連絡してませんよ。誰からあったんですか」

「今井ちゃんだよ」

女性店長の名前を出す。

「今井は、本日は風邪を引いて休みですけど」

そう言った廣澤と、朝木の視線が、同時に穂積に動いた。

「俺は、類くんから電話があったんだよ。廣澤社長が呼んでますので、七時に来てください って」

「罠《わな》だな」

朝木が呟《つぶや》く。廣澤も顔から色が消えていた。

「罠ってなんですか」

穂積が訊《き》き返す。

「おまえ、元興国商事なのにそんな簡単なことにも頭が回らねえのか。サツだよ」

「マジですか」

「でなきゃ、こんなところに集められねえよ。俺はすぐに逃げる」

朝木が踵《きびす》を返す。

「待ってください。俺も行きますから」と廣澤。

「おまえは原版を持って逃げろ」

「札はいいんですか」

「そんなの邪魔になるだけだから置いとけ。原版は持ってけよ」

「どうしてですか。札を置いてくなら同じでしょ」

「頭悪《わり》いな。偽札だけなら他からもらったと言い訳がつくじゃねえか。原版持ってたら、その時点でアウトだ」

「でも旧札ですよ」

「同じだよ」

とても頭脳明晰《めいせき》で、要領のいい廣澤とは思えないほど頓珍漢《とんちんかん》な反応をしている。それほど動揺しているのだ。穂積も同じだ。心臓の鼓動が抑えきれない。

朝木が出て行った。穂積も出ようとしたが、「栗原、おまえは待て。一緒に逃げよう」と廣澤から止められた。

廣澤は金庫のダイヤルを回す。

指が震えているのかなかなか開けられない。

「廣澤、早くしろよ」

「黙れ、集中させろ、松田に盗まれて、新しいのに替えたばかりなんだ」

松田に盗まれた？　それで松田はいないのか。その松田から電話がかかってきた。本当に警察なのか。なにが起きているのか穂積にはさっぱり理解できない。

金庫を開けた廣澤が手を突っ込んで原版を握った。偽札もジュラルミンケースに詰めていく。

「朝木さんは、金は置いておけと言ってたろ」

「これも処分したら、俺は偽札事件では晴れて無罪だ」

そう言って金庫を再び閉めた。

「もう行くぞ」

穂積は部屋を出て、階段を一段飛びで駆け下りる。バックヤードのドアも思い切り開けた。何人かの客と店員が驚いて目を向ける。気にせず走って店内を通り過ぎる。

自動ドアを踏んだ。コンマ数秒の間も焦《じ》れったかった。

外に出た瞬間、左右から男たちが現れた。ワイシャツ姿の男たちだった。

「なっ、なんですか」

穂積は声が出ず、背後から廣澤が言った。

「警視庁二課です。廣澤俊矢さん、栗原穂積さん、お二人には通貨偽造の容疑で逮捕状が出ています」

自分たちより少し年上の男性に令状を見せられた。

「朝木成之もすでに身柄を確保されています」

そう言って左側に顔を動かす。男に上に乗りかかられた朝木は、手を後ろに回され手錠をかけられていた。

正面の刑事が横を見た隙に、廣澤は逃げたが、すぐに二人の刑事に取り押さえられる。残る刑事は令状を持った穂積の前に立つ刑事一人になった。

「栗原さんもそこから動かないで」

言われても足は動かない。

廣澤にも手錠がかけられた。

自分は原版の処分を頼まれただけだ。偽札を作ったわけではない。そう思っていたが、「栗原さん、両手を出して」と言われ、両手を前に出す。

刑事の分厚い掌《てのひら》で、手首を痛いくらい強く握られる。

嵌《は》められた手錠に、目の前から光が消えた。

21

時計店オーナーの廣澤俊矢、元暴力団員で会社社長の朝木成之、コンサルティング会社経営の栗原穂積の三人が、通貨偽造の疑いで警視庁捜査二課に逮捕された。

その知らせを信楽は泉からの連絡で知った。

その後に三人は、麻布署に連行された。廣澤のオフィス、朝木の事務所、栗原の自宅、さらに原版を刷った印刷所なども家宅捜索された。廣澤が所持していた一億円の贋札《がんさつ》と原版はマスコミに公開された。二課が言うには贋札はこれがすべてで、市場には現時点では一枚も出回っていない、朝木や廣澤は、信楽が予想した通り、見せ金として贋札を利用していたようだ。

「二課の連中、三人を同じ場所に集めて一網打尽にしました。贋札を持って逃げられることを阻止したのでしょう」と泉。

「どうやっておびき出したんだろうな」

「私が知る二課の人間によると、泳がせていた松田類の身柄を押さえていたようです。ある時、松田が体を引きずるようにして帰宅するのを、ついていた捜査員が目撃した。

だと思います」

顔に傷があったらしく、二課は仲間割れがあったと見て、そこから自供を引き出したん

「逮捕したわけではないんだろ」

「違います。そこからどうやって自供させたのか、こればかりは捜査に入った班と、二課長くらいしか内情は知らないでしょう」

「まったく二課は危なっかしいな。盗聴でもしてたのかな」

「今時、そこまで危険なことはしてないでしょうけど、身柄の安全のためと称して、取調べをしていたら、充分違法ですけどね」

自供頼みになる二係捜査も危険な捜査と言われるが、信楽はグレーゾーンスレスレと言われることはあっても、法律違反になることはしない。

「一応、私の方から捜査一課に取調べ時間をくれるように頼んでおきました」

泉はそう言ってくれたが、その後、待てど暮らせど連絡はなかった。

「どうやら、捜査二課は麻布署ではなく、別室で取調べをしているようですね」

勾留《こうりゅう》が認められた直後、信楽は泉に言った。

桜田門《さくらだもん》の本庁以外にも警視庁は都内に秘密の別室を持っている。別室は、公安部など極秘捜査を行う部署に多いが、二課も用意していたようだ。一課にもあり、二係捜査が今より班員がいた頃は、別室に拠点を構えていた。

ただしその別室は、課内の一部にしか知らされておらず、当然、部外者の一課が、二

課の別室は知りえない。

「マスコミもうるさいし、麻布署で三人同時はやりにくいんでしょうね」

「いつ我々に時間をくれるのかな」

「私が頼んだ時は、二課の管理官は必ず連絡しますと了承してくれましたけど、過去にそう言っておいて、自分たちの容疑が固まらないと反故《ほご》にされた例はいくらでもありますからね」

二課の管理官が時間をくれようとしても、核パスタ吉光が、一課になんか渡すなと命じているかもしれない。

なにせ吉光は、贋札のすり替えを信楽に悟られたことを憂慮している。

松田を安全に確保できたから良かったが、松田の身になにかあればどう言い訳したのか。監察の調べに、すり替えなどしていないと言い張るつもりだったのか。

一週間が過ぎても、二課から連絡はなかった。

勾留期限の十日間が経過した。一度だけもう十日間の延長が認められる。その十日が過ぎれば起訴、もしくは不起訴となる。

現物の贋札を摑《つか》んでいるのだから起訴は確実だ。保釈も容易には認めない。ただし、そこから先、裁判まではあっと言う間だ。まさか二課は一課に捜査時間を与えない気か。

二期六日目に入ったが、まだ連絡はない。

「本当に二課はひどいですね。同じ警察官という仲間意識はないんですかね」

毎日、報告に来る泉も憤っていた。信楽も落ち着いている振りを見せているだけで内心は泉と同じだ。

これまで通り、行方不明者届を確認していたが、廣澤たちの捜査に気が行き、これでは端緒があっても見過ごしてしまうと、勾留延長してからは中断した。知らず知らずのうちに貧乏ゆすりをしていることに気づく。毎朝のランニングもやめているので、余計にストレスが溜《た》まる。

「私が毎日、せっついても、『全貌《ぜんぼう》が固まっていない』の一辺倒で、取りつくしまもないですから。部屋長には申し訳なくて」

泉からはその度に詫《わ》びられる。

「そんな深刻な顔をしなくて大丈夫だよ、こっちも腹が据わってきたから」

「遅くなるのは覚悟していましたが、ここまで時間をくれないとは思っていませんでした。二課には殺人容疑だと話しているのに」

「起訴まで残り一日になって、いかにも時間をやったんだと恩着せがましく言ってくるんじゃないか」

「そんなことをしたら、私が二課長に抗議に行きますよ」

そう言うが、管理官が、警視正の二課長に抗議するのは無理だ。泉の将来が台無しになる。

ここまで待たされるとは考えていなかったが、勾留二期目に入ってから、信楽は急いでいる時こそ原点に返るという自分の捜査信念に基づき、一から調べ直した。

信楽は網章一の殺害について、妻に再度話を聞きにいき、網のパソコンなどを借りて中身を精査、また網と過去に取引のあった時計店を回った。

同時にどうすれば廣澤や朝木が自供するか、切り崩す方法を考えた。方法が思いついたわけではないが、別の切り口が浮かんだ。

「森内から報告は入っていますか」

「毎日連絡は来ているよ」

その切り口に気づいてから、森内に出張に行かせている。

二課から捜査時間を与えると連絡があったのは、翌日の午後になってからだった。

二課はたった四日で、殺人事件にケリをつけろと言いたいのか。立腹したが、それでも時間を与えられないことまで覚悟していたので、ありがたいくらいだ。

森内が出張先から戻ってきた日だったため、泉と三人で、二課が使っている都内の別室に向かった。

三部屋以上あるようで、廣澤、朝木、栗原の三人を別の部屋で取り調べている。

部屋の前で二課の捜査員と並び、吉光捜査二課長が立っていた。課長が取調べ現場にいることは稀《まれ》なので、信楽が来ることを知ってわざわざ出向いたのだろう。

「お待たせしましたね。信楽巡査部長」

泉ではなく、信楽に声をかけてきた吉光は、メタルフレームの眼鏡を嫌らしく光らせる。

「お時間をいただき感謝しています」

本音は遅いんだよ、だったが、上官の手前、頭を下げる。

「うちもまだ調べたいことがありますので、ほどほどでお願いします」

「吉光課長、こっちは殺人事件なんですよ。残り四日では少ないくらいです」

泉が不満をぶつける。

「起訴後に調べればいいじゃないですか」

「そうはいかないでしょう。勾留期間は過ぎてしまうのですから」

裁判を待つ間、身柄は押さえられる。ただ拘置所から呼び出し、別件で取り調べるとなると、弁護士やマスコミは黙っていない。

泉がまだ抗議しそうだったため、信楽は大丈夫だよ、と泉の前で手を制した。

その時、吉光の顔が脂下《やにさ》がった。

「それと、網章一の殺害事件なら我々二課が自供させましたので」

「なんですって」

信楽は耳を疑った。

「廣澤は網章一とゲルト・シュタルケの希少時計を取引しようとした。これまでなら網は格安で廣澤に渡していたが、今回はその時計職人の医療費などの問題で、相場より高い値段でしか売れなかった。それでも廣澤は買うと言ったが、網は廣澤にそこまでの現金はないと信用しなかった。そこで廣澤は、七月二十二日、朝木から受け取った一億円の贋札《がんさつ》を本社オフィスで網章一に見せた。その翌日、網からの電話で、贋札だと指摘された。廣澤は警察に密告されるのを恐れ、それで朝木に殺害を依頼した」

「廣澤がそう自供したのですか？」

「廣澤は七月二十四日に都内のビジネスホテル『レシファ赤坂《あかさか》』に網章一を呼び出した。そこに朝木が現れて、絞殺した。うちの捜査員がホテルから監視カメラを提出させたところ、廣澤俊矢、網章一、そして時間を置いてリュックを背負った朝木成之が入っていくのが確認できてます。そして帰りは廣澤が一時間後、朝木は翌朝に一旦外出、特大のスーツケースで戻ってきて、それを引いて昼前に出ていった。廣澤に聞いたところ、網章一の殺害を認めてます」

「どうして二課がそこまでやるのですか。うちの仕事ですよ」

泉が不満を露《あら》わにする。信楽も無意識に体に力が入っていた。怒鳴り付けたいくらいの気分だったが、泉の前なので抑える。

「網殺しにも贋札が絡んでいるからです」

「でも殺しはうちのヤマです」

吉光は泉から視線を信楽に移した。

「我々は一課の捜査に協力したのですから、余計なことを触れ回るのはやめてくださいね」

松田類の財布から贋札をすり替えた件だ。

「贋札保持など知らなかった、千葉県警にはなにも命令してはいないのではなかったのですか」

「ええ、知らなかったですよ」

憎たらしい顔で惚《とぼ》ける。信楽もこれ以上、言うのはやめた。

「では捜査に入らせていただきます」

ここから先は通常の二係捜査だ。逮捕者は廣澤俊矢と朝木成之。被害者は……けっして網章一だけではない。

「我々も同席してもよろしいですよね」

二課長の隣に立っていた主任らしき捜査員が言う。

「どうしてですか」

「なにか新しい事実が出てくるか分かりませんし」

自分たちの捜査に同席させなかったくせに勝手なことを言う。

「捜査員が多く入れば、廣澤も朝木も口が堅くなります」

泉は拒絶しようとしたが、その捜査員は虎の威を借る狐のように、「二人が三人に増えたところで、彼らの態度は変わりませんよ。廣澤は完オチしてます。朝木は元ヤクザだけあって、このまま黙秘を貫くでしょう」と偉そうに言い張った。

「分かりました、同席していただいて結構です」

信楽が了解すると、捜査員は二課長との間に道を空けた。

「正面の部屋に廣澤がいます」

「栗原穂積はどちらですか」

「えっ」

「まずは栗原穂積に話を聞かせてください」

「右端の部屋ですが、栗原は殺人には関与してませんよ」

面食らっていたのは捜査員だけではない、吉光もだ。二人の間を通過して、森内とともに栗原の部屋に入った。

顔色の悪い、おとなしめな男が怯《おび》えるように座っていて、二課の捜査員が聴取をしている。今、捜査の中心は原版を持ち出した栗原なのだろう。

「失礼、我々の捜査の時間です。出ていっていただけますか」

信楽が言うと、二課の捜査員は顔を強張《こわば》らせたが、後から入ってきた吉光の顔を見て、席を空けた。

「森内」

信楽がそう言うと、森内が栗原の正面に腰を下ろし、鞄《かばん》からファイルを出した。そこには複数の写真がある。

「あなた、この女性に見覚えはありますか」

森内はファイルに入っていた複数の写真を机に広げる。

「あっ」

明らかに顔が変わった。

「彼女です、彼女が奥川里美さんです」

「この女性は鈴木《すずき》里美さんと言います」

「そんなはずはないです。大学に確認しました。奥川里美さんの名で卒業していました」

「奥川は旧姓で、結婚して鈴木姓になりました」

「そう言えば今は一人だと言っていました。離婚してたんですか」

「死別です。去年の三月、あなたが能登旅行に行かれた一ヵ月前に自殺しています」

「自殺、どうして？」

「精神を乱したようですね。お二人は国立藝大出身です。彫刻科を卒業したのは、夫の鈴木幸次《こうじ》さんで、里美さんは絵画を専攻していました。珠洲に住んだのは、幸次さんの希望でしたが、幸次さんが亡くなったことで、去年から金沢の実家近くで一人暮らしています」

森内の説明を栗原は狐につままれたように聞いている。

急にやってきた捜査一課の刑事に驚いているのだ。そのことはこの部屋に入ってきた吉光も同様のはずだ。栗原穂積は、これまでの取調べで、能登旅行で立ち往生した時に助けてくれた女性から、原版を渡されたとのみ自供しており、渡された女性については黙秘を貫いていた。

「森内、あれを見せてあげなさい」

信楽が指示すると、森内はバッグからプリントアウトした紙を机に出した。

《行方不明者届出書　金沢西警察署》とあり、その下に《鈴木里美》と書いてある。

「里美さんって行方不明なんですか」

「そうです。美術館に勤務していますが、八月初めに母親が連絡をして以来、行方がしれません。心当たりはありませんか」

「八月初め？」

そう訊《き》き返した栗原の声が上ずった。

「心当たりがあるんですね」

森内の声に、栗原は痙攣《けいれん》するかのように体を揺らし始めた。

「行方不明者って、嘘だろ、嘘だ……」

大声になり、取り乱し始める。

「なんでもいいので話してください。誰かから里美さんについて聞かれませんでしたか」

諭すように森内が声をかける。

「八月最初の日曜に、廣澤が聞いてきたんです。それまでは里美さんのことを外国の工作員だとまともに取り合わなかったのが、家はどこだったとか地図を広げられて、家の特徴まで訊かれました」

「その理由を廣澤俊矢はなんて言ってましたか」

「地震で家が壊れて、別の原版が出てきたら大変だと言っていました。でも私は今頃、どうしてそんなことを言い出すのか不思議に思いました。震災後、私がいくら心配しても、『大丈夫だよ、もう日本にはいない』とヤツは気にもしてなかったのに」

「それで廣澤は能登に行ったのですか」

「本人は行っていないと言っていました。地図で確認したけど、あの地域は被害が少なかったと。ですが、僕が行った時、彼女が住んでいた家は無事でしたが、周りには全壊した家もありました。廣澤は能登に行ったんですね？」

「おそらくは」

森内は言葉を濁す。珠洲市まで行ったかは分からない。

「廣澤が彼女を探し出して、殺したんですね」

震える声で訊いてきた。だが森内はなにも答えなかった。

「森内、廣澤の部屋に移ろう」

立ち上がって信楽が言う。

「はい」

森内も立つ。

「教えてください。刑事さん、どうして廣澤が彼女を殺したのですか」

まだ本当に殺されたかは分からないのだ。ごまかしてもよかったが、二課には話さなかったことを、自分たち一課には認めたのだ。信楽は栗原に話すことにした。

「想像ですが、新札が関係していると思います。朝木は廣澤と、彼女を探して、渋沢栄一の贋札《がんさつ》を作らせようとした。実際に製作していたのは亡くなった鈴木幸次さんであって、里美さんは彫刻などできないというのに」

栗原はそこで愕然《がくぜん》と首を折った。自分が話したことが里美を死に追いやったことにショックを受けている。

吉光と目が合った。

この部屋に入る前、自分たちが殺しまで解決してやったと調子づいていた核パスタの目が、宙を泳いでいた。

22

そこから先の事件の解決は早かった。

パーマをかけた髪の毛が乱れ、無精髭《ぶしようひげ》を生やした廣澤俊矢は、鈴木里美殺しも自供した。

八月五日に朝木成之とともに能登半島に行った。

目指す家は空き家になっていたが、調べて回ったところ、過去に夫婦で美術展を行っており、その主催者から鈴木姓であること、さらに現在は金沢市に戻って美術館に務めていることまで聞き出した。

鈴木里美には八月六日、美術館内で声をかけた。原版のことを持ち出すと、里美は生気を失った表情に変わり、怯えたという。

帰りがけに会うと約束し、車に乗せた。そこで新札の贋札作りを持ち掛けたが、里美は拒否した。拒否するもなにも、里美には作れなかった。

目を離した隙に、停車した車から飛び出し、逃げようとした。朝木が咄嗟《とっさ》に追いかけ捕まえたが、車内で暴れた彼女を朝木が絞殺した。

——俺は運転していたので、後部座席でなにが起きたのかも分かりませんでした。石川に行ったことにしたって、朝木に言われて手伝っただけで、全部朝木がやったんです。

廣澤は泣きながら、すべてを朝木のせいにした。

だがまだ嘘泣きの域は出ていない。

信楽は許せずに、珍しく声を張り上げた。

——違うでしょ。七月にあなたが網さん殺しを手伝わせた。だから朝木の計画に、あなたは従わざるをえなかった。あなたと朝木の二人で、網章一さん、鈴木里美さんの二人を殺したのです。

廣澤は一瞬泣き止んで、俯《うつむ》く。

——あなたにとって網さんはすべてにおいて恩人ではなかったのですか。興国商事をやめたあなたが時計店経営で成功したのも網さんのおかげです。そして偽札だと知った時も、網さんは警察に通報しなかった。

廣澤の目が沁《し》みてきた。今までは見せなかった表情だ。

――その通りです。偽札だと見抜いた網さんは、「私で助かったと思った方がいい。私はあらゆる国で偽札を掴《つか》まされそうになった。誰よりも目が利くんだよ……反省しているなら、すぐにその金は燃やしなさい」と言ってくれました。それなのに俺は、網さんを信じることができず、朝木に殺してほしいと頼んだんです。

ようやく人の心を取り戻したのだろう。今度こそ本気で泣いた。

捜査一課の殺人係が入った朝木は全面否認だったが、廣澤が二つの殺人事件を自供したため、短い時間でも事件の全貌《ぜんぼう》が明らかになった。

翌日には二箇所で遺棄捜査が行われた。廣澤俊矢を同行させたのは石川県白山市《はくさん》だ。原野から鈴木里美の遺体が発見された。

一方、網章一の遺体は、バラバラにされて、朝木が債権を持つ栃木県芳賀町《はがまち》のゴミ焼却場で焼かれていた。灰を探るが、網の所有物らしき黒焦げになった古い腕時計が見つかっただけで、骨には異物が混じり、鑑識で判断できそうになかった。

ところが協力を求めた栃木県警が用意した警察犬が、焼却場の敷地内で遺棄場所を示したのだ。人骨が出てきて、鑑定の結果、網章一と断定された。

次の日、廣澤俊矢と朝木成之の二人を、死体遺棄容疑で再逮捕する。通貨偽造罪での起訴まで、残すところ八時間に迫っていた。

再逮捕したことで、ここからさらに二十日間、殺人での立件を目指して一課主導で捜査できる。

それまでの捜査で、朝木が知り合いの名義で借りていたトランクルームが判明し、そこから網章一の血液反応を残した大きなスーツケースと電動のこぎりが発見された。二係捜査としては稀《まれ》なほど証拠が多く、これなら公判維持の心配はない。確実に有罪に持ち込める事件として決着をつけた。

もっとも遺体が出てから先の捜査は、殺人係に替わり、信楽と森内はいつもの行方不明者届と近々の逮捕者との関連づけに戻った。

最後までやり遂げたいのは刑事なら誰も同じだ。とくに若い森内は毎回悔しく思っている。

だが自分たちの仕事はあくまでも遺体なき殺人事件の端緒を摑むことである。

これればかりはいきなりやってきた刑事ができることではない。毎日、目が乾くまで二つのデータを繰り返し見続ける。そこまでやって、ただの行方不明者届の背後に殺人事件が隠れていることが見えてくるのだ。

廣澤、朝木の取調べについては泉から毎日報告があった。

他にも二課の捜査もおおまかではあるが、情報は入ってきた。

二課が贋札情報を摑んだのは八月六日、声を掛けられた美術館内で原版を持っていることを仄《ほの》めかされた鈴木里美が、休憩中に公衆電話から匿名で110番通報、名刺を受け取った興廣貴金属の廣澤俊矢が偽札を所有している可能性があると伝えた。

興廣貴金属の所在地が東京都港区だったため、金沢署は警視庁に連絡した。

そこから極秘捜査が始まった。二課は早い段階で廣澤俊矢と朝木成之の関係に辿り着き、朝木の仕事相手から、「資金に困窮していた朝木が、急に一億の金を持つようになった。ただしその金は仲間内の誰にも触れさせない」など、怪しい情報を掴んだ。

それから廣澤俊矢、朝木成之、さらに廣澤が信頼していた松田類の行動確認が始まった。網との取引情報から、贋札が渡った可能性があると考え、網の自宅も張り込んでいた。

その後、松田がスピード違反で千葉県警に検挙された。行動確認していた二課は相当動揺したはずだが、吉光の力で千葉県警に松田を釈放させた。ただし一枚だけ本物とすり替えさせて。

うまくことを収めたと思っていたところに、信楽が割り込んできたため、吉光は一課がどこまで掴んでいるのか知りたかったのだろう。

そうでなければ階級を重んじる警視正が、平刑事の巡査部長に会うはずがない。

23

朝のランニングを終えて、シャワーを浴びてから、信楽は家を出た。

いつものように通勤路を歩いていると、百メートルほど先に、切れ者の切れ者がちょこんと立っている姿が見えた。

まずい。信楽は気づかない振りをして回り道をしてでも別の道を使いたかったが、顔を見られたのだから、さすがにそういうわけにはいかない。

「おはようございます」

向田は普段と変わらない笑顔で挨拶《あいさつ》をする。その笑顔になにか含みがあるようで、気《き》鬱《うつ》になる。

「おはよう、切れ者の切れ者」

信楽は無理やり口角を上げた。

向田は体を捻《ひね》るようにして自然と隣についた。いつもは「ご一緒してよろしいですか」と断りを入れるのに。

「もしかして怒ってる？」

そう言って横目で見る、顔を向けると必ず目を合わせる行儀のいい彼女が今日は一瞥《いちべつ》もしない。

「なんのことですか」

惚《とぼ》けているのは明らかだった。

「そりゃ怒るよね」

向田が千葉の贋札《がんさつ》情報を持ってきたのが、今回の事件の端緒だった。彼女の情報がなければ廣澤や朝木は通貨偽造犯であって、殺人死体遺棄まで辿《たど》り着けなかった。

情報提供をした向田は、捜査の邪魔はしなかった、そうした記者には逮捕の連絡くらいはする。彼女たちはなにも警察のお抱え機関ではない。取材して第一報を報じるのが役目だ。

「そうですよ。おかげで三人の偽札の逮捕も、廣澤と朝木の二つの殺人事件の逮捕も、すべて他紙と同着でした」

「本当に申し訳なかった」

二課が取調べ時間をくれなかったため、信楽たちは目が回る忙しさだった。だがそのせいで向田を失念していたとは言えず、信楽は素直に謝罪した。

こってり怒られるかと思ったが、案外向田はあっさりしていた。

「いいんです。警察からの連絡を待つのが、記者の仕事ではないので」

「ということは、怒って俺に会いに来たわけではないんだね」

皮肉に聞こえなくはないが、とりあえずこのまずい空気を払拭《ふっしょく》するため、そう言う。

「怒る暇なんてないですよ。私もこの間、取材で忙しかったので」

「忙しかったって、調査報道班の取材ですか」

「今回の贋札事件について、二課長をインタビューしたんです」

「二課長って、吉光捜査二課長？」

「他に誰がいるんですか。でもインタビューではないですね。ルポルタージュ形式にして、これから書く記事には吉光課長の名前を出すつもりはないので、レクみたいなものです」

「それでもあの石頭の吉光課長がよく取材に応じましたね」

なにせ宇宙でもっとも硬い核パスタだ。記者など歯牙にもかけない。贋札事件の逮捕会見をテレビで見たが、報道陣からの相次ぐ質問にも、今後の公判に支障をきたすとまともに答えていなかった。

「なかなか応じてくれませんでした。ですが上川畑警視総監を通したら、すぐにOKが出ました」

「あなた、警視総監を使ったのですか?」

「私がじゃないですよ。うちの原支局長がです」

「例のマダムですか」

千葉支局の支局長、向田が支局記者時代の恩人だと話していた。

「会見をテレビで見て、先進国でこんな雑な会見をしているのは日本くらい、アメリカの悪徳警部の方がまだマシと原支局長は腹が立ったそうです。それで上川畑くんに話すと言って電話しました。新人の頃、上川畑くんが食事して、財布を忘れて困ってた時、六百円立て替えた。これでおあいこね、と言ったみたいです」

警視総監になるような人が、昼飯に財布を忘れたのも驚きだが、たった六百円の借りをきちんと覚えている総監に好感が持てた。

「それで切れ者の切れ者はなにを二課長から聞いたんですか」

「鈴木里美についてです。鈴木里美が絵画専門なのはご存じですよね」

「もちろんですよ、贋札作りは彫刻家の亡き夫、鈴木幸次の製作でしょ」

「はい、二人とも無名の作家ですが、鈴木幸次はギャンブル依存症で、二千万の借金があった。それで妻に内緒で贋札作りを始めた。それに気づいた里美は、やめるように注意したが、幸次はすでに金沢の暴力団に話をつけた。二ヵ月後に取りに来るから、もう後戻りはできないと答えたそうです。そう言いながらも幸次は原版を作成した自責の念に堪えられなくなり、工房の隣の部屋で首を吊《つ》ってしまうのですが」

「それで鈴木里美は、栗原穂積に『自分で処分できない』『もうすぐ取りに来る』と答えたんですね」

「里美は、本気で恐れていたんだと思います。その証拠に栗原に処分を頼んだ半月後、警察に『空き巣が入った。自分や主人の作品を盗まれた』と被害届を出しています。暴力団が原版を取りに来た時、盗まれたことにするためだと思いましたが、実際、里美は誰からも追われていませんでした」

「どうしてですか。鈴木幸次から二ヵ月後に来ると聞いていたから、盗難工作をしたんでしょ」

「捜査二課と石川県警が県内の暴力団事務所を当たったところ、鈴木幸次との関係は確認できませんでした。鈴木幸次はまだ反社勢力と接触していなかったんです」

つまり彼女自身が処分していれば、栗原穂積が通貨偽造罪に関わることはなかった。二人の殺人も起きていなかったかもしれないということだ。だが平気で二人殺すような連中だ。いずれ似た事件を起こしていた。

今回の事件、二人を殺した朝木成之、廣澤俊矢には殺人死体遺棄罪と通貨偽造罪で極刑、栗原穂積は通貨偽造等準備罪で三年、おそらく執行猶予付きの求刑が濃厚だ。原版を仲介しただけでも罰金刑とはいかない。それくらい貨幣の信用を危うくした罪は重い。

「栗原穂積を取り調べた二課が、鈴木里美まで行きつかなかった理由も分かりました」

「彼が名前を言わなかったからでしょ」

「それもありますけど、栗原は名前は知らないけど、三十歳くらいの女性だと答えたんです」

「あっ」

信楽は行方不明者届を思い出した。

「そうなんです、鈴木里美は四十六歳なんです。そこで二課の捜査は混乱したそうです」

確かに年齢にそこまで差があると、捜査も難しくなる。家の場所も栗原は隠したのだろう。

「女性の歳など男性は分かりませんよ。困っていた時に助けてくれた鈴木里美が天使に見えた栗原は恋をしたのかもしれませんね。恋は盲目と言いますし、実際、鈴木里美は美しい方だったのでしょう」

「信楽さんも洒落《しゃれ》たことを言いますね」

最初の重苦しい雰囲気はすっかり消失していた。

「栗原穂積は里美から言われた通り処分していたら、里美は殺されずに済んだとひどく後悔していたそうです。ですが彼はあの原版を持っていれば、また里美と会えるかもしれない、この原版が自分と里美とを繋《つな》ぐ唯一の絆《きずな》だと思い込んでいたそうです。危険なほど胸は熱くなると言いますし、やはり恋のせいかもしれない」

向田の言う通りだ。事件の概要を知り、どうして栗原が原版を処分せずに廣澤に渡したのかがずっと謎だった。だが能登の森の中で親切にしてくれた里美に恋心を抱いた栗原には、正常な判断ができなかったのだろう。

「ところでさっき、ルポルタージュで書くと言っていましたよね。二課が松田類を泳がせたことも書くのですか」

泳がせただけではない。一枚だけ抜き取って本物とすり替えた。

「書いてもいいですよね、他の課のことですし」

「それは……」

どう答えていいものか窮した。記者の仕事には口出ししないのが信楽の主義だ。書かれれば二課は困るだろう。

「でも書きません」

向田の声が弾んで聞こえる。

「どうして書かないのですか」

安堵《あんど》した思いを隠して尋ねた。

「信楽さんは、本物とすり替えられた札を持って泳がされた松田が、朝木や廣澤から消される危険があったと案じてるんですよね。実際、松田は二人から暴力を受けていますし」

「まぁ、そうだけど」

本当にこの記者は、考えていることをズバズバ当てる。

「私もその点を二課長に指摘しました。二課長は唇を噛《か》んだまま黙ってしまいました。でも書かないのは私なりに考えて、結果犯人逮捕に結びついたのであれば、それが最善の手段だったと納得したからです。それに書けば、再び偽札事件が起きた時、二課は同じ手を使えなくなります」

評価は他人がするもの。だが結果は自分が出すもの。信楽の信条に当て嵌《は》めても、今回の二課はきっちり犯人を挙げた。確かに危険な捜査ではあったが。

「さすが切れ者の切れ者。先のことまで考えてるんですね」

「私はしっかり仕事をしたのに、揚げ足を取って非難するのが好きではないんです。自分たちが捜査しているわけでもないのに。卑怯《ひきょう》じゃないですか」

卑怯か。記者会見の質疑応答だけで批判記事を書く記者は信楽も好きではない。ただ彼女のように警察官と同じように足で回って情報を摑《つか》んでくる記者もいる。

「とはいえ、上川畑くんを使って、記者嫌いの吉光二課長に取材を申し込んだわけですから、私も正々堂々とは言えないですけどね」

信楽は急に居心地が悪くなり、咳払《せきばら》いした。

「風邪ですか、信楽さん」

向田に覗《のぞ》き込まれる。

「俺の前で総監をくん付けするのはやめてくれませんか。なにか居心地が悪くて」

堪《たま》りかねて嘆願した。庁内で思いがけずに口走ったら、大変なことになる。

「そうでしたね。そう呼んでいいのはマダムだけで、私も警視総監と言わなきゃいけないですね」

向田が反省して頭を下げた。

彼女の取材に、吉光はどのような態度で応じたのか。黙った時以外は、やはり横柄だったのではないか。

それでも一度断った取材に、総監からの連絡で、応じるよう命じられたのだ。慌てたに違いない。

その様を想像できたのが、今回の捜査でもっとも胸がすいた瞬間だった。

本書は書き下ろしです。
本作はフィクションであり、登場する
人物・組織などすべて架空のものです。

真贋《しんがん》

二《に》係《がかり》捜《そう》査《さ》(6)

本城《ほんじょう》雅《まさ》人《と》

令和6年 11月25日　初版発行

発行者●山下直久

発行●株式会社KADOKAWA
〒102-8177　東京都千代田区富士見2-13-3
電話　0570-002-301(ナビダイヤル)

角川文庫 24410

印刷所●株式会社暁印刷
製本所●本間製本株式会社

表紙画●和田三造

●お問い合わせ
https://www.kadokawa.co.jp/（「お問い合わせ」へお進みください）
※内容によっては、お答えできない場合があります。
※サポートは日本国内のみとさせていただきます。
※Japanese text only

ISBN 978-4-04-115560-8　C0193

◇◇◇

角川文庫発刊に際して

角川源義

第二次世界大戦の敗北は、軍事力の敗北であった以上に、私たちの若い文化力の敗退であった。私たちの文化が戦争に対して如何に無力であり、単なるあだ花に過ぎなかったかを、私たちは身を以て体験し痛感した。西洋近代文化の摂取にとって、明治以後八十年の歳月は決して短かすぎたとは言えない。にもかかわらず、近代文化の伝統を確立し、自由な批判と柔軟な良識に富む文化層として自らを形成することに私たちは失敗して来た。そしてこれは、各層への文化の普及滲透を任務とする出版人の責任でもあった。

一九四五年以来、私たちは再び振出しに戻り、第一歩から踏み出すことを余儀なくされた。これは大きな不幸ではあるが、反面、これまでの混沌・未熟・歪曲の中にあった我が国の文化に秩序と確たる基礎を齎らすためには絶好の機会でもある。角川書店は、このような祖国の文化的危機にあたり、微力をも顧みず再建の礎石たるべき抱負と決意とをもって出発したが、ここに創立以来の念願を果すべく角川文庫を発刊する。これまで刊行されたあらゆる全集叢書文庫類の長所と短所とを検討し、古今東西の不朽の典籍を、良心的編集のもとに、廉価に、そして書架にふさわしい美本として、多くのひとびとに提供しようとする。しかし私たちは徒らに百科全書的な知識のジレッタントを作ることを目的とせず、あくまで祖国の文化に秩序と再建への道を示し、この文庫を角川書店の栄ある事業として、今後永久に継続発展せしめ、学芸と教養との殿堂として大成せんことを期したい。多くの読書子の愛情ある忠言と支持とによって、この希望と抱負とを完遂せしめられんことを願う。

一九四九年五月三日

角川文庫ベストセラー

殺人ライセンス　今野　敏

高校生が遭遇したオンラインゲーム「殺人ライセンス」。ゲームと同様の事件が現実でも起こった。被害者の名前も同じであり、高校生のキュウは、同級生の父で探偵の男とともに、事件を調べはじめる――。

呪護　今野　敏

私立高校で生徒が教師を刺した。加害少年は被害者と女子生徒との淫らな行為を目撃したというが、捜査を始めた富野はやがて供述の食い違いに気付く。お祓い師の鬼龍光一との再会により、事件は急展開を迎える！

ハロウィンに消えた　佐々木　譲

シカゴ郊外、日本企業が買収したオルネイ社は従業員、市民の間に軋轢を生んでいた。差別的と映る〝日本的経営〟、脅迫状に不審火。ハロウィンの爆弾騒ぎの後、日本人少年が消えた。戦慄のハードサスペンス。

新宿のありふれた夜　佐々木　譲

新宿で十年間任された酒場を畳む夜、郷田は血染めのシャツを着た女性を匿う。監禁された女は、地回りの組長を撃っていた。一方、事件を追う新宿署の軍司は、新宿に包囲網を築くが。著者の初期代表作。

北帰行　佐々木　譲

旅行代理店を営む卓也は、ヤクザへの報復を目的に来日したターニャの逃亡に巻き込まれる。組長を殺された舎弟・藤倉は、2人に執拗な追い込みをかけ……東京、新潟、そして北海道へ極限の逃避行が始まる！

角川文庫ベストセラー

脳科学捜査官 真田夏希 イノセント・ブルー	鳴神響一
神奈川県警初の心理職特別捜査官の真田夏希は、友人から紹介された相手と江の島でのデートに向かっていた。だが、そこは、殺人事件現場となっていた。そして、夏希も捜査に駆り出されることになるが……。	
脳科学捜査官 真田夏希 イミテーション・ホワイト	鳴神響一
神奈川県警初の心理職特別捜査官・真田夏希が招集された事件は、異様なものだった。会社員が殺害された後に、花火が打ち上げられたのだ。これは殺人予告なのか。夏希はSNSで被疑者と接触を試みるが――。	
脳科学捜査官 真田夏希 クライシス・レッド	鳴神響一
三浦半島の剱崎で、厚生労働省の官僚が銃弾で撃たれ殺された。心理職特別捜査官の真田夏希は、この捜査で根岸分室の上杉と組むように命じられる。上杉は、警察庁からきたエリートのはずだったが……。	
脳科学捜査官 真田夏希 ドラスティック・イエロー	鳴神響一
横浜の山下埠頭で爆破事件が起きた。捜査本部に招集された神奈川県警の心理職特別捜査官の真田夏希は、カジノ誘致に反対するという犯行声明に奇妙な違和感を感じていた――。書き下ろし警察小説。	
脳科学捜査官 真田夏希 パッショネイト・オレンジ	鳴神響一
鎌倉でテレビ局の敏腕アニメ・プロデューサーが殺された。犯人からの犯行声明は、彼が制作したアニメを批判するもので、どこか違和感が漂う。心理職特別捜査官の真田夏希は、捜査本部に招集されるが……。	

角川文庫ベストセラー

脳科学捜査官　真田夏希
デンジャラス・ゴールド

鳴神響一

葉山にある霊園で、大学教授の一人娘が誘拐された。その娘、龍造寺ミーナは、若年ながらプログラムの天才。果たして犯人の目的は何なのか？　指揮本部に招集された真田夏希は、ただならぬ事態に遭遇する。

脳科学捜査官　真田夏希
エキサイティング・シルバー

鳴神響一

キャリア警官の織田と上杉の同期である北条直人が失踪した。北条は公安部で、国際犯罪組織を追っていたという。北条の身を案じた2人は、秘密裏に捜査を開始するが――。シリーズ初の織田と上杉の捜査編。

脳科学捜査官　真田夏希
ストレンジ・ピンク

鳴神響一

神奈川県茅ヶ崎署管内で爆破事件が発生した。捜査本部に招集された心理職特別捜査官の真田夏希は、SNSを通じて容疑者と接触を試みるが、容疑者は正義を掲げ、連続爆破を実行していく。

脳科学捜査官　真田夏希
エピソード・ブラック

鳴神響一

警察庁の織田と神奈川県警根岸分室の上杉。二人には、決して忘れることができない「もうひとりの同期」がいた。彼女の名は五条香里奈。優秀な警察官僚だった彼女は、事故死したはずだった――。

脳科学捜査官　真田夏希
ヘリテージ・グリーン

鳴神響一

神奈川県警の心理職特別捜査官・真田夏希は小川と鎌倉の鶴岡八幡宮に初詣に来ていた。だが、鎌倉市西御門の北条義時法華堂跡で爆発騒ぎがあり、2人に緊急召集がかかった。果たして犯人の目的は――。

角川文庫ベストセラー

脳科学捜査官 真田夏希
クリミナル・ブラウン
鳴神響一

神奈川県警の心理職特別捜査官・真田夏希に突如贈られてきた人形。その衣装は夏希に見覚えがあるものだった。身の危険を感じる夏希。さらに、捜査本部に招集された彼女に衝撃の事件が――。書き下ろし。

脳科学捜査官 真田夏希
ナスティ・パープル
鳴神響一

神奈川県警の特別捜査官・真田夏希は、出勤後にいきなり異動を命じられた。警察庁で新たに新設されたサイバー特捜隊に参加しろというのだ。そして、特捜隊の庁舎には、思わぬ人物が待ち構えていた――。

脳科学捜査官 真田夏希
イリーガル・マゼンタ
鳴神響一

警察庁のサイバー特別捜査隊に異動となった心理分析官の真田夏希は、あらゆるシステムに侵入し、手足の如く捜査をかく乱する犯人に対し、絶体絶命の危機に陥った。隊長の織田と夏希は窮地を乗り切れるか？

脳科学捜査官 真田夏希
サイレント・ターコイズ
鳴神響一

神奈川県警初の心理職特別捜査官の真田夏希は、警察庁に新設されたサイバー特捜隊の隊員となった。ある日、身近なロボットたちが暴走を始めた。企業を狙った犯行か、サイバー特捜隊への挑戦か⁉

脳科学捜査官 真田夏希
シリアス・グレー
鳴神響一

神奈川県警根岸分室の上杉輝久は、キャリアながら左遷されている身。ある日、極秘裏に刑事部長の黒田に呼び出された上杉は、武器密売人からの司法取引に応じるよう命じられた。だが、現場では――。

角川文庫ベストセラー

脳科学捜査官 真田夏希 エキセントリック・ヴァーミリオン
鳴神響一

警視庁サイバー特別捜査隊の真田夏希は、隊長の織田とともに公休日に鎌倉を訪れていた。だが、2人きりの楽しいひとときは、織田の逮捕という不測の事態にかき消された。織田が殺人を犯したというのだが――。

脳科学捜査官 真田夏希 アナザーサイドストーリー
鳴神響一

サイバー特捜隊長の織田の逮捕で真田夏希が奔走していた頃、根岸分室の上杉輝久もまた、1人の女性を救うため、北アルプスを歩いていた。上杉がかつて愛した五条香里奈の妹・紗里奈が、警察を辞めると――。

鳥人計画
東野圭吾

日本ジャンプ界期待のホープが殺された。ほどなく犯人は彼のコーチであることが判明。一体、彼がどうして？ 一見単純に見えた殺人事件の背後に隠された、驚くべき「計画」とは!?

探偵倶楽部
東野圭吾

「我々は無駄なことはしない主義なのです」――冷静かつ迅速。そして捜査は完璧。セレブ御用達の調査機関〈探偵倶楽部〉が、不可解な難事件を鮮やかに解き明かす！ 東野ミステリの隠れた傑作登場!!

さいえんす？
東野圭吾

「科学技術はミステリを変えたか？」「男と女の〝パーソナルゾーン〟の違い」「数学を勉強する理由」……元エンジニアの理系作家が語る科学に関するあれこれ。人気作家のエッセイ集が文庫オリジナルで登場！

角川文庫ベストセラー

殺人の門　東野圭吾

あいつを殺したい。奴のせいで、私の人生はいつも狂わされてきた。でも、私には殺すことができない。殺人者になるために、私には一体何が欠けているのだろうか。心の闇に潜む殺人願望を描く、衝撃の問題作！

ちゃれんじ？　東野圭吾

自らを「おっさんスノーボーダー」と称して、奮闘、転倒、歓喜など、その珍道中を自虐的に綴った爆笑エッセイ集。書き下ろし短編「おっさんスノーボーダー殺人事件」も収録。

さまよう刃　東野圭吾

長峰重樹の娘、絵摩の死体が荒川の下流で発見される。犯人を告げる一本の密告電話が長峰の元に入った。それを聞いた長峰は半信半疑のまま、娘の復讐に動き出す――。遺族の復讐と少年犯罪をテーマにした問題作。

使命と魂のリミット　東野圭吾

あの日なくしたものを取り戻すため、私は命を賭ける――。心臓外科医を目指す夕紀は、誰にも言えないある目的を胸に秘めていた。それを果たすべき日に、手術室を前代未聞の危機が襲う。大傑作長編サスペンス。

夜明けの街で　東野圭吾

不倫する奴なんてバカだと思っていた。でもどうしようもない時もある――。建設会社に勤める渡部は、派遣社員の秋葉と不倫の恋に墜ちる。しかし、秋葉は誰にも明かせない事情を抱えていた……。

角川文庫ベストセラー

偽弾《ぎだん》の墓
警視庁53《ゴーサン》教場
吉川英梨

警察学校で教官を務める五味。新米教官ながら指導に奮闘していたある日、学生が殺人事件の容疑者になってしまう。やがて学校内で覚醒剤が見つかるなどトラブルが続き、五味は事件解決に奔走するが――。

聖母の共犯者
警視庁53《ゴーサン》教場
吉川英梨

府中警察署で脱走事件発生――。脱走犯の行方を追っていた矢先、卒業式真っ只中の警察学校で立てこもり事件も起きて……あってはならない両事件。かかわる人々の思惑は⁉ 人気警察学校小説シリーズ第3弾！

正義の翼
警視庁53《ゴーサン》教場
吉川英梨

府中市内で交番の警官が殺された――。事件を追っていた矢先、過去になく団結していた53教場内で騒動が……警官殺しの犯人と教場内の不穏分子の正体は？ 各人の思惑が入り乱れる、人気シリーズ第4弾！

カラスの祈り
警視庁53《ゴーサン》教場
吉川英梨

捜査一課の転属を断り警察学校に残った五味は、窮地に立たされていた。元凶は一昨年に卒業をさせなかった〝あの男〟――。53教場最大のピンチで全員〝卒業〟は叶うのか⁉ 人気シリーズ衝撃の第5弾！

警視庁01《ゼロワン》教場
吉川英梨

甘粕仁子が教官、塩見が助教官を務める1330期。仁子の態度がよそよそしく教場に不協和音が。警察学校正門前で人の左脚が発見される事件も発生。教場に暗雲が立ちこめる中、仁子の秘密が明らかに……。